U0037524

大旗出版
BANNER PUBLISHING

大旗出版
BANNER PUBLISHING

快雪青風行

鹿青 著

目次

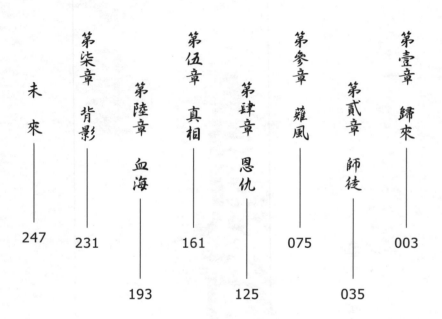

第壹章

歸來

位於潁川彼岸，杏林深處，那三座首尾相連的大宅就是凌縣令家——此事，整個雲灣村無人不知。

凌縣令本名凌永年，擔任縣令時，力清時弊，激濁揚清，將地方政務打理得井井有條，鄉里人人都很尊敬他。又因他在門匾揮筆題下「快雪時晴」四字，此處又被稱為「快雪塢」。

凌永年的夫人周氏育有二子，長子凌丹雖體弱多病，但性格穩重，頗有乃父之風，在父親過世後一肩扛起了當家之主的重責。據說，當年他迎娶益州鉅富之女唐漪雲，女方的嫁妝足足有萬金，珠寶絹帛更是不計其數，令人稱奇。

而唐漪雲也是個十分能幹的女子，不僅美麗，婚後更陸續為凌家添了三個兒息，在快雪塢的地位舉足輕重。如今，凌丹的弟弟凌堯膝下也有了一子一女，孩子們成日圍在老夫人膝邊，逗得她樂呵呵的，出門散步時，還得不時祭出狐頭拐杖，將脫韁的小崽子們給勾回來。

看著這一幕，也難怪村人們總說，凌家的福氣就好像潁川的水一樣，怎麼也用不完。

然而，越是在幸福中養大的孩子，成長就來得越是猝不及防。轉眼間，花凋雪融，快雪塢的幼苗在歲月的滋養下日漸茁壯起來。

這日，凌府後門的廣場聚集了一群十來歲的少年。他們身著短打，手中兵刃翹得高高的，正圍著一高一矮兩名男孩，興奮地吆喝助威。

那矮小少年生得濃眉鷹眼，目光凌厲，頗有小大人的架勢，攻擊拒刺間，腳步始終沉穩。又過幾個回合，只見他避過挑來的長棍，搶步上前，木刀急轉，一路斜掃而出。對面的少年還來不及招架，額髮已被刀風激得飛起，只得後退兩步，撒開棍子道：「……我、我認輸。」

此話出，人群瞬間鼓譟起來。

「不愧是阿光！」

「這回又是李家勝了！」

原來，凌堯和他那文謅謅的大哥不一樣，年輕時曾投在青穹派門下，練就了一身好本領。快雪塢的孩子長到一定年紀，都會纏著他學武，多年來，已形成了一項傳統。孩子們之間的較量，長輩們也只是睜一隻眼閉一隻眼，不會隨便插手干預。

那鷹眼少年名叫李光，正是凌老夫人的外孫，快雪塢第三代鼎鼎有名的「小霸王」。

只見他收回刀，嘴角湧起一道輕慢的笑容，轉頭對著緊閉的府門叫道：「凌關風！你個縮頭烏龜！再不出來跟我一較高下，信不信我把你家的門拆下來當柴燒！」

過了許久，門裡飄來一句淡淡的回答：「才不理你呢，矮冬瓜！」

李光滿臉通紅，再次舉起木刀：「臭小子，你以為我不敢嗎？」

「哈，這下可有好戲看了……」

群孩見李光真的要動手拆了凌家的門，紛紛笑罵起鬨。混亂間，卻有一道緋紅色的身影插入人群，猶如一縷暖風穿林而過。

這名突然駕臨的少女約莫十三歲，杏眼桃腮，氣勢凌人。她對眾人視若無睹，徑直來到李光面前，劈頭就問：「斐青哥哥去哪了？我都找他一個上午了，連個影也沒見著。」

李光繃起雙頰，一臉厭煩地揮手：「這種事我哪知道？」

話才出口，對面的少女尖調拔起，硬是將他的聲音給蓋了過去：「既然如此，還不幫著找！」

「妳沒見我正在忙嗎？」李光拉長脖子吼回去。「少在這兒添亂！」

李家姊弟都是出了名的大嗓門，每次吵架就好像雷公碰上電母，震得周圍眾人耳膜發疼。

李嫣尋比李光還高出半個頭。她憑著這項優勢，上前一把揪住弟弟的耳朵，怒道：「若是凌家哥哥在，豈能容你在這兒放肆嚷嚷？還不跟我回去！」

說完，轉頭環視眾人，俏麗的臉蛋如罩寒霜。

「以後誰還敢上這撒野，我就去告訴舅媽，罰你們到祠堂蹲馬步！」

村裡的孩子向來對這位李家千金又敬又怕，被她目光一掃，紛紛縮起脖子。

「大姐頭……饒了我們吧。」

「是啊。」

「那就快滾！」

李光本打算趁勝追擊，挫一挫凌家兄弟的威風，可沒想到，好戲才剛開始便被姊姊攪了。他耷拉著耳朵，像隻鬥敗的公雞，領著幾名小跟班悻悻離去。剩下諸人見狀，也深感索然無味，一場熱鬧就這樣散了。

不出多久，偌大的廣場只剩下李嫣尋一個人。她來到府門前一株高大的枇杷樹下，躍上樹梢，接著縱身一跳，落入中庭。

只見一旁的廊下坐著一名十歲左右的清秀少年，正意態閒懶地翻著書。

「是關風嗎？」

少年聞聲抬頭。

「關風著了風寒正在裡頭躺著呢。」

「哦，原來是關月啊……」李嫣一拍腦袋，恍然大悟。

不過，她會認錯也是無可厚非。畢竟，除了關風和關月兩人的大哥外，還沒有人能夠將這對孿生兄弟給分清，甚至就連他們的父母也時常搞混。

「妳是來找兄長的嗎，嫣尋姊？」關月闔上書本，笑咪咪問。「想必再過幾年，就得改叫您嫂子了吧？」

「呸，小孩子別亂說話！」李嫣尋臉色微紅，朝少年瞪去一眼。「他人呢？」

「兄長今日一大早就出門了，興許要明日才會回來呢。」

「真的？」李嫣尋聽了皺起眉頭，表情微嗔。「那傢伙也真是的，偷溜出去玩也跟我說一聲……」

「是阿娘准他去的。」

「是嗎？」這回答更加出乎李嫣尋的意料。須知，雲灣村地處偏遠，村人一向很少和外界接觸。

「可是出了什麼事？」

「這個嘛，我也不大清楚。」關月歪頭思了半晌。「不過……好像跟捉魚有關。」

出了雲灣村向西直走，再越過一座山頭，便會抵達一片低窪的沼澤。

此處乃猛獸據地，長年迷霧繚繞，杳無人煙。這日傍晚，暮色深沉，陰風陣陣，分不出白晝黑夜的天空下，卻有一名光著腳的少女正拼命地朝前奔跑。

從紊亂的呼吸和步伐來看，她顯然已經筋疲力竭了，就連腳底的傷口都被厚厚的淤泥給封住。但還來不及喘口氣，便一腳踩進泥濘裡。而就在她動彈不得之際，一道黑影突然自霧中現身，一把揪住女孩的頭髮，將她提了起來。

「放開我！」

「哼，小丫頭還挺會跑的嘛……」

說話的正是抓住女孩的大鬍子。他盯著她不斷踢騰的雙腳，眼底閃過不懷好意的賊光。「可惜，妳馬上要死在這了！」

一陣水聲響起，轉眼間，大鬍子身後又冒出了四人，均是一副猥瑣貪婪的惡相。唯有最後方的男子眼神不住飄移，小聲道：「頭兒，此地不祥，咱們還是趕緊走吧。」

「什麼祥不祥的？」大鬍子粗哼。「成日忌諱這些，還如何在道上混？」

「可……這裡可是『幽鬼沼澤』啊。」

男人彷彿沒聽見手下的回話，一心盯著手上的獵物，眼光睥睨，語氣充滿嘲諷。

「妳猜猜……老子若將妳煎皮拆骨，妳那沒出息的阿爺會不會從墳裡鑽出來救妳？」

「卑鄙小丑！」少女狠狠掙扎，眸中竄起火光，「你不配提我阿爺！」

「還嘴硬呢！若非他有眼無珠，得罪了不該得罪的人，妳們一家也不至於落到如此田地！這樣的父親有什麼好懷念的？」男人說完，從腰中抽出一把背闊的鬼頭刀，架在少女胸前。

少女驚恐地閉上眼，下一刻，卻感覺自己的身體變得輕飄飄的，彷彿要乘霧而起，飛向天際。

「我要死了嗎？」她茫然心想。

然而，念頭才剛閃過，那隻粗暴的手便鬆開了。她睜開眼，發現面前不知何時多了一把寒光凜凜的寶劍。劍的主人托住她的身軀，輕輕往地下一放，接著轉身，劍光橫掃——

勁風貼著臉皮刮過，大鬍子驚得倒退兩步，喝問：「你是何人？」

「我就是我啊，你又是誰？」

對面眾人聞言，皆是一愣。少女趁此機會，定睛看去，發現救她的人也是個孩子，年紀不過十三、四歲，青衫單薄，一身傲氣，背後除了一只木桶外，別無他物，握劍的姿勢卻帶著一股狠勁，令人不敢妄動。

只聽他冷笑道：「一幫糟老頭欺侮一個小姑娘，真是好厚的臉皮！諒你們也不敢報上名來！」

大鬍子聽得青筋暴跳。「我虎咬幫縱橫江湖二十年，連六大門都要敬我三分，又怎會怕你一個乳臭未乾的小鬼？」他指著躲在少年身後的女孩，說道：「這丫頭可是罪臣餘孽！你再不讓開，老子今日就送你們一塊進黃泉！」

「嘿，有本事儘管試試！」

「——臭小子！」話音剛落，大鬍子提氣一吼，揮刀劈來。少年矮身避開，喊道：「快跑啊！」

生死關頭，兩個孩子動如脫兔，飛也似地竄了出去。少女感覺自己的手被少年緊緊抓著，一顆心也跟著高高懸起。涼風從腳下灌過，將她的裙裾激得飛揚起來。

兩人一口氣狂奔數里，穿過棘叢，越過小溪，直到抵達沼澤深處，再也聽不見敵人的罵聲，這才停下腳步。

「剛剛那些人……」少女轉頭盯著他們跑來的方向，不安地囁嚅。

「應該暫時甩掉了。」

少年說著，忽然朗聲大笑起來，彷彿剛才那番驚心動魄的逃亡不過是場痛快的遊戲。笑累了，就靠著旁邊的樹幹休息，撩起被風拂亂的長髮，一邊上下打量對面的少女。

「對了，我叫凌斐青，妳呢？」

少年彷彿全身都散發著耀眼的光芒。少女突然感到喉頭發澀，過了半晌才結結巴巴地說道：「三、三娘……我叫三娘。」

先前只顧著逃命，衣裳都被泥水給濺濕了。三娘盯著自己裸露在外的腳丫，薄薄的臉蛋彷彿要燃燒起來。

「謝謝你，凌大哥。」

「好說。」凌斐青眨眨眼，勾唇一笑：「那妳說說看，要如何報答我。」

「報、報答？」

「是啊。」

凌斐青說著，突然湊上前，伸手去撫少女滑膩的臉蛋。三娘一驚，下意識退避，舉掌用力揮去：「等等……你做什麼！」

慌亂間，只聽見「啪」的一聲，凌斐青被摑得倒退兩步，唇角都出血了，不由得倒抽一口涼氣。

「哇，看不出妳還挺狠的！我生得這麼好看，妳竟下得了手？」

三娘瞪大眼睛。「這不是好不好看的問題！」她惱道。「你我素不相識，還請郎君放尊重些！」

「嘖，知道啦……」凌斐青揉著受傷的面頰，一臉委屈。「我不過是和妳開個玩笑，沒想到妳竟如此在意。」

「這種事情，怎麼可能不在意！」三娘氣得撇過頭去，但過了一陣，又悄悄轉回來，低聲問：「很疼嗎？」

「還好，不疼了。」

「真的？」

三娘見凌斐青半邊俊臉都腫了起來，心裡突然有些過意不去。

「那你別動，手拿開讓我看看。」

說完，身子小心翼翼地前傾，掂起腳尖，用帕子替對方擦去臉上的血跡。此刻，漫天星斗盡數落入她的眼底。凌斐青瞧得心旌搖曳，一時愣怔貪看了兩眼，卻不敢再造次，乖乖站在原處任由對方拿捏。

直到三娘收起帕子，兩人並肩坐下，凌斐青才又打破沉默。

「那些人為何要追妳啊？」

三娘想到家中遭遇的變故，秀嫩的臉龐頓時蒙上一層陰影。她握緊拳頭，咬牙恨恨道：「我阿爺原在兵部為官，替朝廷立下了不少汗馬功勞。旁人卻故意進讒，誣陷他貪汙行賄……阿爺下獄後，姨娘帶著我連夜出城，原以為逃離京城就沒事了，可沒想到，到了這種窮山惡水之地，他們依然不肯放過……」

凌斐青點頭，若有所悟：「當年，我阿爺是因為身體不好才沒有出仕。但他說過，官場就像個猛獸籠子，所有的鬥爭，不是你死就是我活。」

「可如今，全家就只剩我一個人了，我到底該怎麼辦……」三娘說著，心中一陣徬徨，忍不住低頭抽泣起來。

「好了，別怕。」凌斐青安慰她。「這不還有我嗎？我帶妳回家，再也不讓別人欺負妳了。」

「回家？」三娘抬起紅通通的眼睛，不可思議地凝望對方。

凌斐青烏眸湛亮，充滿了少年人獨有的朝氣，笑起來的模樣更和她從小到大見過的男孩都不一樣。光是一道眼神瞥來，便令她小鹿亂撞。

怔忡間，又聽他說道：「從今以後，我的家就是妳的家。我有好多弟弟妹妹，大家都會保護妳、照顧妳。誰再敢惹妳哭，我絕不輕饒！」

「真的？」

「當然。」凌斐青望著三娘傻呼呼的表情，笑得燦然。

沼澤的黑夜似乎比別處更加濃稠，隨著天色暗下，兩人感覺絲絲涼意侵入毛孔，不由得將身子緊緊偎依。他們在附近採了一些蕈類和野果充飢，腹中有了食物，手腳也總算恢復了點力氣。

在這期間，凌斐青又和三娘說了許多關於雲灣村和快雪塢的事。他談吐詼諧，言語生動有趣，和他說話，令三娘感到如沐春風，似乎什麼憂愁煩惱都可以暫時拋卻。

然而，正當兩人休息夠了，打算重新上路時，卻忽然聽見背後一陣窸窣。緊接著，樹叢後方傳來一道陰惻惻的聲音：「找到你們了！」

凌斐青心裡一陣悚然，連忙跳起來，擋在三娘身前。

「三娘，快跑！」

但此時，他的劍還放在地上。正想伸手去撿，便被敵人一把揪住。下一刻，只聽得「喀啦」一聲，他的左臂被硬生生折脫了臼。三娘見狀，忍不住驚恐尖叫。

原來，趁著二人不注意時，那幾名虎咬幫的惡徒已經追了上來。為首的大鬍子將凌斐青往地上一摜，獰笑道：「臭小子，這下看你往哪兒逃！」

凌斐青強忍劇痛，撿起劍朝對方胸口急刺，卻被輕鬆避開了。對面的男子嘴角翹起輕蔑的弧度，笑道：「好啊，不知死活的崽子，就讓大爺陪你玩玩！」說完，提起鬼頭刀，一刀朝少年劈去。

凌斐青身為一個養尊處優的少爺，雖自幼習武，卻從未體會過真正的殊死搏殺。眼看勁風襲至，他咬緊牙關，旋身接下這一刀。

「哐啷」——他背上的木桶滾落在地，裡頭傳來詭異的「哧哧」一聲，彷彿有東西正敲打著內壁一樣。一名虎咬幫的漢子好奇地伸手去撿，可還沒碰到，便被少年飛身擋住了去路。

這一刻，凌斐青血液中的兇性似乎被喚醒了。他像頭被激怒的小獸，使出渾身力量，右手扣住劍柄，劍身發出低渾的咆哮，由下至上怒斬天河。

隨著劍鋒入肉，那名倒楣男子慘呼倒地。剩餘的敵人紛紛愣住。一時間，四周鴉雀無聲，就連凌斐青自己也嚇了一跳。他停頓在原地，整顆腦袋嗡嗡亂響，唯一能想到的就是：「我殺人了？」

然而，危機尚未遠離。虎咬幫好歹是專業的黑道戶，這種場面也算見怪不怪了。對面的大鬍子很快回過神，一邊破口大罵，一邊舉刀砍來，準備將兩個小孩剁成肉泥。凌斐青心口狂跳，瞳孔幾乎縮成了一個點。

他再次揹起木桶，用僅剩的手臂拉起三娘，轉身撒腿逃命。兩人鑽過蘆葦叢的空隙，逃進一片幽暗的泥沼。

池塘的中央有座用茅草和泥土堆起的小屋，看上去已經廢棄多時了。凌斐青拖著三娘，橫衝直撞地奔了過去。然而，就在即將抵達時，二人竟被腳邊糾結的枯草重重絆了一跤。

著地的瞬間，凌斐青感覺手中長劍脫手飛出。

除了疼，他心中更多的是悔——若不是平時懶懶貪玩，不肯勤練武功，以他的聰明才賦，又怎會落得如此狼狽？

且諷刺的是，他從小就最喜歡聽二叔說江湖上的故事了，還時常幻想著要去外頭的世界闖蕩一番。殊不知，出了家門才發覺江湖險惡，自己這點三腳貓的功夫根本不值一提，就連壯一點的土匪，都能將自己的骨頭拆下來剔牙！

眼看敵人圍攏上來，他巍巍爬起，將三娘護在身後，心想：「凌斐青，你說過，要給她一個嶄新的家，不讓她再受任何人欺侮。難道你就如此膿包，說話不算數嗎？」

此念閃過，他索性豁了出去，一個咬牙，出掌擊向最近的敵人。然而，連對方的衣角都還未沾到，就見那人大叫一聲，向後栽倒。

凌斐青不由愣住，心想：「自己什麼時候學會了隔空煞氣的功夫啦？」而就在他遲疑之際，「咻」、「咻」幾聲輕響掠過耳畔，虎咬幫的人各個迎風而倒，就像是被人打中了穴位一樣，而後方的三娘卻尖叫起來。

原來，兩人身後不知何時出現了一團灰影。輪廓既像是人，又像是動物，說不出的詭異。

「是誰？這麼不懂規矩，一大清早跑到別人家門前瞎嚷嚷？」

灰影中傳來粗礪嘶啞的嗓音。三娘緊緊抓住凌斐青的手，壯著膽子答道：「這位前輩……我們並非有意相擾，是被惡人逼得無路可逃，才會誤闖貴地，還請恕罪。」

「嘿，原來是兩個小娃娃啊。」

下一刻，灰衣怪人忽然一幌閃至二人身前，桀桀怪笑起來。

一股燥熱的氣息鋪天蓋地而來，還夾雜著沼澤植物腐敗所形成的刺鼻酸味，害得凌斐青差點喘不上氣。

「你好臭啊！別過來！」他舉起劍，衝對方咆哮。

然而，就在他快被對方給熏得暈過去時，一旁的大鬍子突然又從地上跳了起來。

「——去死吧！」他大吼一聲，將鬼頭刀刺向怪人背心。

神奇的是，那怪人就好像背後生眼似的，下一刻，居然將手臂向後拐，直接捉住了刀！無論大鬍子如何使力，都無法將刀鋒撼動分毫，只將自己累得氣喘吁吁，連臉都漲成了豬肝色。

緊接著，只見那怪人掌不離肘，肘不離胸，一轉眼便繞至對手身前，右手彎成一道詭異的角度，拇指與中指碰在一起，輕輕彈出，竟將敵人的鬼頭刀給震成了三段！

凌斐青從沒見過如此驚世駭俗的功夫，不禁眼前一亮——敢情這位沼澤怪人，居然是個不世出的武功高手！

大鬍子挨了那怪人一彈，雖不怎麼疼痛，卻已是心驚肉跳。他踉蹌了幾步，也不管周圍同伴們的死活，逕自轉身，奪路而逃。

怪人顯然很看不慣他的這般作風，怒罵道：「狗東西！」倏忽間，又從寬大的袖底射出一顆碎石子，朝對方背心飛去。遠處狂奔的男子隨即慘叫跌倒，再無動靜。

終於結束了。黎明的曙光刺破天際，照亮腳下的水澤。而隨著那灰衣怪人轉過身來，凌斐青終於看清對方的面容，一顆心彷彿被驟然叩響。

只見他身材魁偉，灰髮散亂，渾身包裹在破爛髒汙的長袍裡，給人一種歷盡滄桑之感，容貌卻被粗糙的鐵面具給遮住了，唯有一雙眼睛龍精虎猛地瞪著自己。

目光交會，凌斐青心頭忽然湧現一股說不上來的熟悉感。

此刻，空氣中盈滿了半透明的晨曦，將茅屋周圍浸潤在冉冉浮光當中。

面具男率先打破沉默。他舉起大手指向凌斐青，不客氣地喝問：「小子！你今年幾歲了？」

凌斐青今年十三，但他才不想告訴對方呢。

他揚起下頷，眼底閃過一絲鄙夷：「你這渾人，也配知道本少爺的事？」

面具男聞言，頓時暴跳如雷，作勢要來抓二人，就連腳下的泥地也跟著隆隆震動。

凌斐青嚇了一跳，趕忙拉起三娘的手，轉身溜之大吉。兩人一路沒命狂奔，直到穿過沼澤，抵達山腳才停下來。過了良久，見那怪人始終沒有追來，怦怦亂跳的心臟才終於落地。

翻過這座小山，前頭就是雲灣村了。歷劫歸來的狂喜讓凌斐青幾乎忘記了身上的疼。

他單手摟住三娘，將她擁入懷裡，笑說：「馬上就到家了。大夥兒見到妳肯定開心得很！」

少女被他這一舉動羞得滿臉通紅，纖長的睫毛在風中巍巍顫動，宛如一場杏花春雨。

凌斐青本想悄無聲息地溜進家裡，卻不想，唐漪雲早就在快雪塢的門口等著他了。只見她披著一件略顯寬大的松花襦裙，趿著木拖鞋，身邊沒有帶丫鬟，雙臂環胸，一雙明亮的丹鳳眼自二人臉上掃過，看得凌斐青心頭微微發怵。

他站住腳，抬頭虛虛地喊了聲：「阿娘……」

三娘也跟著停下腳步。她抬頭望向面前的少婦，不由一愣，心想：「天下竟有這般出色的美人！」

唐漪雲將兒子從頭到腳打量了兩遍，確認該有的東西一樣都沒少，這才轉向他身邊的少女。

對方的年紀比凌斐青還小一點，生得細眉圓臉，雖然狼狽了些，但模樣甚是招人喜歡。她見女孩光溜溜的小腳滿是傷痕，眼中閃過一絲憐惜。

「去請平大夫過來一趟吧。」她對凌斐青說。「讓他仔細看看你的手臂，這孩子，我會讓楊嬸好好照顧她。」

凌斐青見母親沒有責怪自己的意思，暗自鬆了口氣。

他話鋒一轉，放下肩頭的木桶，笑道：「您瞧！我帶了好多寶貝回來呢！」

三娘想起先前被虎咬幫追殺時，凌斐青曾捨命保護此物，不禁心生好奇，想看看裡頭裝的究竟是什麼值錢的玩意。

隨後，凌斐青揭開蓋，她湊近一看，發現裡頭居然躺著近半桶的魚，其中幾隻還在活蹦亂跳呢！

原來，眼下正是秋後鱸魚肥的季節。唐漪雲廚藝高超，烹製的鱸魚羹膾堪稱一絕。前幾天，凌斐青偶然聽對方說起，今年潁川的漁獲欠佳，腦子一轉，決定自告奮勇，到山的另一頭釣魚回來給母親料理。

根據快雪塢的家規，孩子們是不能隨便離開雲灣村的。因此，凌斐青才會想出這個法子，既能討母親歡心，還能順便出門遊賞一番。

而如今，唐漪雲看著兒子眉飛色舞地站在面前邀功的模樣，臉上難得展露出一點笑容。

「待會進屋手別亂摸。」她交代。「上完藥記得換身衣服，別嚇著你阿爺。」

是日午後，快雪塢久違地召開了一次家族會議。身為「會議重點」的三娘緊張地坐在席間，一顆心七上八下，不斷絞著手指。

此時的她已換上了乾淨的衣裳，一頭鴉髮被楊嬸的巧手梳成了可愛的羊角小辮，垂掛在鬢邊。

另外，在座除了凌斐青的父親凌丹，其弟凌堯，其妹凌芝等人，還有快雪塢的大家長——凌老夫人周氏。

「其實，老夫人也不是真的很老啊。」三娘一邊拿眼偷覷眾人，一邊心想。對方約莫六十歲，身材嬌小，白髮皤皤，一雙貓眼總是笑咪咪的，令人想到俯瞰眾生的觀音菩薩。

老夫人伸手摸了摸三娘的腦袋，口中道：「乖，今後的日子，妳就放心跟著婆婆吧。」

短短一句話便決定了少女的命運。三娘滿懷激動，熱淚盈眶。

最後，在大人們的安排下，她暫時住進了凌二爺的府邸。

凌堯瀟灑好客，其妻郭默蘭溫柔淑婉，家中一雙兒女都和三娘年紀相若。凌晨憨厚老實，凌熙機靈古怪，見到三娘進來，好奇地湊到門邊探頭探腦。

凌熙甚至學著凌斐青的語氣，道：「這位妹妹生得好眼熟啊，也不知是在哪裡見過？」引來眾人一陣哄笑。

於是，在一片歡快的笑語中，快雪塢正式迎來了新的成員。而對此最喜聞樂見的便是凌斐青了。

這些時日，他天天往二叔家跑，表面上是教導凌晨練字，其實不過是把自己小時候寫的一些書文草稿塞給對方罷了，其餘的時間都在陪同三娘四處玩耍。

課業優秀的孩子就有這樣的特權。家裡有什麼好東西，他都是第一個挑選的，闖出的禍只要沒把天給捅破，也很快就被拋諸腦後。平時愛幹啥幹啥，從沒有人過問。

而凌斐青在快雪塢的地位更是特殊。他在同輩中排行老大，無論習文還是練武，都表現突出，再加上他懂得討人歡心，從小便受盡長輩的偏寵，光是零花錢的數目就足以讓其他孩子羨慕得口水直流。

然而，即使是天之驕子，逍遙自在的日子也總有到頭的一天。

從幽鬼沼澤歸來的一週後，凌斐青突然被母親叫到東廂去。

此處一向是空著的，只有在重要的客人來訪時才會整理出來。這點凌斐青很清楚，因此，出發前還特意換了一身新做的天青錦袍，對鏡端正了衣冠，這才動身。

穿過跨院，來到側門，忽然聽見前方飄來一陣琅琅笑語。那笑聲清脆爽朗，正是母親唐漪雲的聲音！

唐漪雲氣質清冷，向來喜怒不形於色，就連凌斐青也難得聽見她笑得如此開懷。他加快腳步向屋內走去，轉過廊廡，卻見母親與一名高大的灰衣人並肩站在園中一株石榴樹旁。

兩人正低聲交談，一時竟沒注意到他。

凌斐青走近，正欲行禮拜見，那灰衣人忽然轉過身，而凌斐青卻在看見對方臉孔的剎那狠狠愣住了。

「——怎麼是你？」

唐漪雲抬頭，衝兒子略一顰眉。

「青兒，怎麼說話的？還不快向前輩請安？」

「我……」

凌斐青的腦袋如遭雷擊，整個人被釘在原地，連話也說不清了。恍惚間，只聽唐漪雲道：「這位是長孫岳毅大俠，是我從前在蜀中的一位舊識。」

凌斐青隔了良久才艱難地吐出一句：「見過前輩。」

原來，眼前的這位「長孫大俠」，不是別人，正是當天在幽鬼沼澤撞見的那名面具怪人！

眼下，對方洗過了澡，換了衣衫，又剪去了一頭蓬蒿似的亂髮，和在沼澤初遇時相比，外表已經整潔了許多，勉強還算是個正常人的模樣，但臉上的鐵面具和剛硬的目光卻和當日毫無分別。

凌斐青本以為，此人會出現在他家，還認識他娘，已經是咄咄怪事了，可沒想到，唐漪雲的下一句話更徹底顛覆了他的想像。

「從今以後，他就是你師父！」

第貳章

師徒

「——師、師父？」凌斐青終於繃不住，哇哇大喊起來。

唐漪雲眼神一黯，眉心的摺紋更深了，暗想：「平時乖覺的寶貝兒子怎地今日說話竟如此不知輕重？」

長孫岳毅盯著凌斐青，粗哼一聲：「小小年紀，精神倒是健旺。」

被他這麼一說，唐漪雲罕見地紅了臉。

「此處不常有外人至，這孩子大約是興奮過頭了……」

她轉向兒子，正色道：「長孫先生乃武林中的前輩高人，從不輕易收徒。這等機緣多少人盼都盼不來，你可要好好把握。」

凌斐青聞言，臉都垮了下來。

「二叔才是我師父。」他忿忿道。言下之意：「這傢伙算是哪根蔥啊？」

唐漪雲見他屢教不聽，嘴角的線條有些僵硬了。

「你二叔雖有本事，但畢竟是半路出家，算不上真正的江湖人。」她說。「更何況，他先前才和我提過，這半年來，你武功進步飛快，如今他已經沒什麼可教你的了。」

凌斐青不再作聲。

經過先前虎咬幫的事件，現在的他確實想盡快提升自己的實力，但總覺得眼前的男子落拓潦倒，行為舉止更是古怪，和自己心目中的英雄形象相去甚遠。自己一個豪門公子，拜這種人為師，豈不讓人笑話！

另外，從長孫岳毅的反應看來，他似乎也並不怎麼喜歡自己……簡直就是冤家路窄！

然而，唐漪雲此番卻是吃了秤砣鐵了心。雖然嘴上不說，但態度卻再明顯不過——不管你願不願意，這個師父都拜定了！

當天傍晚，她親自下廚，將凌斐青帶回來的鱸魚一半做成魚膾，一半加入菰筍調羹，煮了整整一桌的佳餚招待長孫岳毅，弄得和大過年似的。

長孫岳毅也毫不客氣，和凌家人同案而食，不出多久便將滿桌美味風捲殘雲，大剌剌的模樣看得凌斐青大倒胃口。

一想到自己拼上性命抓回來的魚泰半都進了這個傢伙的肚子裡，他不禁恨得牙癢癢。甚至，抬頭望去，便見長孫岳毅也正惡狠狠地瞅著自己，簡直沒有半點長輩該有的器量！

一頓飯下來，全家都吃得心滿意足，唯獨師徒倆隔著餐桌大眼瞪小眼，相互較勁。最後，凌斐青索性將筷子一擱，起身離席。他無視眾人訝異的眼光，隨口編了個理由便先行告退了。

本想去找三娘說話，但才剛走出家門，目光便被錦鯉池畔一道緋紅色的身影給吸引了。他心上似有輕羽掠過，嘴角不自覺地揚起，下個閃身已靜悄悄來到對方背後。

「這麼晚了，來賞魚啊？」

「斐青哥哥！」李嫣尋看見對方，一雙大眼睛登時亮起。但隨即又撅起小嘴，將臉撇開。

「這黑燈瞎火的，能看見什麼啊？」

她說得自然不錯。但凌斐青仍煞有介事地在水邊坐了下來，笑道：「燈下看美人，豈不正好？」

李嫣尋早就習慣了對方的花言巧語，卻仍不禁「噗哧」一笑。

「阿娘嫌我懶怠，說過幾日要考我功課，我正煩著呢……就想找個安靜的地方散散心。怎麼你也跑出來啦？」

「我今日可是有備而來。」凌斐青說著，從懷裡取出一只精巧的酒壺，表情似笑非笑。

原來，方才他離席時，順手牽羊拿走了一壺父親珍藏的冰堂春，拔開塞子，馥郁的酒香頓時逸散開來。

李嫣尋皺了皺鼻子，道：「你的傷不是還沒好全嗎？怎能喝酒？」

但凌斐青才不管那麼多呢。只要一想到長孫岳毅那大搖大擺的模樣，他就覺得堵心。只見他仰頭咕咚咕咚喝了一大口，接著一抹嘴，將酒壺遞給李嫣尋。

他曉得，這個表妹雖驕縱任性，卻向來無法拒絕自己的任何請求。果然，李嫣尋凝眉思了半晌，最後仍是接過了酒壺。

「好啊，誰怕誰！你既然想喝，我就陪你喝！」

凌斐青看著對方雙眼緊閉，一臉糾結的模樣，就像是在灌世間最難喝的苦藥，忍不住笑了出來：「哪有人像妳這樣喝酒的啊？」

下一刻，李嫣尋解開憋氣，低頭大嗆起來。她將半空的酒壺丟還給對方，眼神裡滿是倔強。

「那你倒說說看啊……從前，你無論什麼事都不瞞著我的，怎麼現在倒學會借酒澆愁了？」她瞪了表兄一眼，嬌紅的臉頰微微繃起。「定是你帶回來的那個小妖精害的！」

少女吃醋的小表情撞入凌斐青眼底，後者不禁失笑。隨後，他腦中靈光一閃，突然浮現出一個主意。

「好妹子，還是妳聰明！」他伸手勾住對方的肩，笑得愈發恣意。「聽哥說，眼下確實有件難辦的事，需要妳仗義援手。」

「什麼事啊？」李嫣尋皺起眉，滿臉困惑。

長孫岳毅的出現並未受到雲灣村村民的歡迎。不過這也難怪。他經常喝得爛醉倒在店裡，還曾在大街上與人發生衝突。才來不過半個月，原本祥和安逸的小鎮就被他攪得雞飛狗跳，上門抱怨的村民都快踏破快雪塢的門檻了。

他們再三懇求凌家將這名狂客給驅逐，然而，唐漪雲心意已決，再加上老夫人向來不管這種芝麻小事，凌丹又對妻子言聽計從，長孫岳毅就這樣在快雪塢住了下來。

但另一頭，凌斐青也不是個好說話的主兒。這陣子，他總是藉故遊蕩在外，盡可能地避開母親和長孫岳毅。後者想教他武功，他總是臉色一甩，掉頭走人。兩人天天上演一追一逃的戲碼，日子就在這樣的哄鬧中流逝。

某天，長孫岳毅獨自坐在廊下，魁梧的背影看上去頗為落寞，像隻受困囚籠的野獸。然而，這頭野獸此刻尚不曉得，自己已經被獵人給盯上了。

他躺在陌生的木頭地板上，望著空中發威的太陽，心想：「這什麼鬼天氣啊……都已經是秋天了，日頭還這麼毒。」往背後一捂，更是滿手熱汗。

這兩日，他一個人吃完了一整箱的冰鎮白梨，沒有解暑，倒是覺得胃部隱隱作痛。

憩了片刻，乾脆起身走到一旁的井邊，提起一桶水就往頭頂澆落。雖然全身都淋濕了，但總算覺得鬆快了些。

他將一頭亂髮向後甩，抬起頭來，卻發現面前不知何時多了一名容貌俏麗的少女，正與他四目相對。

普通的姑娘家目睹了長孫岳毅這一連串詭異的舉止，多半會選擇遠遠躲開。但這少女卻不同。只見她雙目靈動，巧笑倩兮，直接大方地走上前，對著長孫岳毅抱拳行禮，口中道：「您就是長孫大俠吧？晚輩李嫣尋久慕前輩大名，求您收我為徒！」

她一上來便表明心跡，言語間沒有半點彎彎繞繞，倒是讓長孫岳毅措手不及。再加上他本就不擅長和女孩子說話，一時間竟不知該如何應對。

李嫣尋見他不答，又補了句：「我保證每天都會很努力的，還望前輩成全！」

長孫岳毅終於反應過來了。他退後半步，道：「不行！此事……非那小子不可。」

李嫣尋一怔：「我天資雖沒有斐青哥哥那麼高，但也有我的好處啊。您倒說說看，為什麼非他不可？」

「這……」

見對方支支吾吾答不上來，李嫣尋氣得鼓起雙頰：「真是的！前輩，您也忒偏心了！」

但長孫岳毅依舊頑固地搖頭，絲毫沒有回心轉意的意思。

李嫣尋也不傻，眼見此路不通，立刻切換戰術。

「既然前輩如此堅持，那嫣尋就只好失陪啦。」說到這，忽然身子一傾，整個人如游魚般從長孫岳毅身邊竄過，左手探出，朝對方腦後抓去。

那裡垂掛的繫帶，正連著長孫岳毅臉上的鐵面具。若非他聽見風聲，低頭避開，可能真的要被這小丫頭得逞。

躲在屋瓦上的凌斐青目睹這一幕，不禁暗呼可惜。而李嫣尋出師不利，也不敢多耽擱，下一刻，足下輕蹬巧縱，翻過院牆，笑嘻嘻地跑遠了。

就連長孫岳毅也猜到了，凌斐青肯定是這齣惡作劇的幕後主使。

用完午膳，他把對方叫到後院訓話。凌斐青故意和關風、關月在廊下嬉鬧了半天才動身。

雙胞胎的年紀比凌斐青小幾歲，個性也安分多了。兩人繼承了父親狹長的眉毛和秀淨的五官，多數時間都懶洋洋地躲在屋內，不是看書就是下棋，要不然就是逗貓，安靜得宛如一對畫中金童，就算被大哥搶盡風頭也毫無怨言。

記得更小的時候，凌斐青看著兩人出雙入對的模樣，心間總會湧起一股小小的失落。他甚至還曾問過母親：「怎麼自己和兄弟們，和快雪塢的所有家人都沒有半點相似之處？」

雖說是童言童語，但唐漪雲依然很認真地回答他。

「從古至今，凡是出類拔萃之人，都註定忍受孤獨。」——這句話，直到現在，凌斐青都依然記得。

他走進後院，穿過月洞門，看見長孫岳毅就站在那株最茂盛的柿子樹旁。他身材偉岸，頭頂幾乎都快碰到大樹的葉子了。

凌斐青慢吞吞地踱過去，問：「你找我有事？」

他雖看不清長孫岳毅面具下的表情，卻見他嘴角的肌肉狠狠顫了幾顫。

「江湖上，凡是徒弟向師父問話，無不恭敬，豈有如你這般無禮的！」

「你才不是我師父呢。」凌斐青冷冷頂回去。「你不過是在別人家裡白吃白住的一介匹夫，神氣什麼？」

長孫岳毅聽見這話，耳根子都漲紫了。隨著他腳步一起，凌斐青眼底閃過一絲戒備，「唰」地拔出佩劍，明晃晃的劍身宛如一條素練。

長孫岳毅鼻裡發出冷嗤，一轉眼便來到了凌斐青身前，食指畫出。

凌斐青目光一凝，立刻認出這是對方在幽鬼沼澤時拿來對付那群惡煞的招數。但看得真切，身體的動作卻遠遠跟不上。下一刻，他的劍被對方手指彈中，發出刺耳的哀鳴，脫手向外飛出。他感到腕處一陣酸麻，驚怒之下，連忙拔腳倒退。

然而，令人匪夷所思的還在後頭！只見眼前的男人忽然跳躍起來，張嘴一合，居然叼住了半空中的長劍！

凌斐青看得都傻了——這傢伙，莫不是屬狗的吧？

「怎麼樣？」長孫岳毅落地後得意大笑。「就算我雙手都讓你，你也一樣不是對手！」說完，將劍丟還給凌斐青，叫道：「再來！」

凌斐青心間暗凜，右手急縮迅伸，劍隨身走，鋒芒大盛，正是一招「斷橋聽雪」。

他從凌堯那裡學來的劍法靈動開闔，舞起來煞是好看，但瞧在長孫岳毅眼裡，卻充滿了花俏多餘的動作。

下一刻，後者重心稍移，直接將腳邊的土地震得龜裂開來。

凌斐青閃躲的步伐亦快，但身子剛起，即被擦面而過的風勢推得向後摔出，踉蹌了四、五步才站穩。

他盯著地上那條幾乎跟他手掌同寬的裂隙，感覺背後有冷汗凝結。

「從現在起，把以前學過的東西通通忘掉！否則，這種花拳繡腿遲早會害死你！」

聽見長孫岳毅這番狂言，凌斐青臉色一沉。

他承認，對方武功之高確實遠遠超出他生平所見，但不知怎的，他心中卻沒有半絲敬仰之情，只有憤怒與不甘。

他瞪著眼前的男人，忍不住在心裡咆哮——你就是有通天的本事，我也不會拜你為師！敢整日在我家裡晃悠，和我娘說話，白食她煮的魚，就休怪我不客氣！

可問題是，接下來的幾個回合，任憑他長劍左挑右砍，擊刺揮掠，卻總是被對方輕鬆避開，甚至連一截衣角都碰不到。百招過後，凌斐青心念飛轉，突然用手捂住胸口，痛叫一聲，蹲了下去。

長孫岳毅吃了一驚，急忙俯身查看。卻不想才剛靠近，地下的少年卻倏地竄起，雙手成鉤，電光石火地朝他身上撞來。

凌斐青的目標本是對方的雙眼。但長孫岳毅的反應實在太快了，如此近距之下，居然也被他堪堪避過。

但凌斐青也非省油的燈。他靈機一動，將身子一折，手臂向上疾探，抓向對方臉上的面具。

長孫岳毅沒能看穿少年的險惡用心，面具揭起一角，眼看著就要被掃飛出去。

——不好！

他虎軀一震，連忙抽身猛退。

然而，就在此時，凌斐青朝前方打響暗號。下一刻，雙胞胎從樹後撲出。兩人一左一右，動作俐落而一致，中間還牽著一股麻繩，往長孫岳毅腳邊急竄。

長孫岳毅身子騰起，落在旁邊的屋瓦上。才剛站定，斜刺裡卻飛來一道桃紅色的麗影，從他頭頂疾閃掠過，正是李嫣尋！

李嫣尋自懷裡射出兩枚黑色的暗器，形狀宛如兩粒鐵膽。那玩意兒在屋頂上炸開來，釋出的白煙將長孫岳毅熏得眼淚直流。

朦朧間，拔步倒退，卻聽見四面皆有腳步聲衝到。他側身掃腿，將李嫣尋給逼退，接著長袖振起疾風，把雙胞胎捲過頭頂，最後迴過身，腳跟翻起，接住凌斐青狠狠劈來的長劍。

這回，他不再手下留情，直接將那利劍挫為四截。

凌斐青感覺一股難以抗衡的巨力沿著斷裂的劍身逆捲襲來，引得胸中血氣翻湧，連忙撒手躍開。

他詭計未能得逞，暗罵對方卑鄙。卻不知，剛剛整個過程中，長孫岳毅實際上只用了不到一成的內力。若非如此，幾個孩子非身受重傷不可。

「你這樣就滿足了？」長孫岳毅落地站定，對著凌斐青高聲斥喝。「整天只知道耍小聰明，永遠也不會進步！這跟外頭那些低三下四的流氓又有何區別？」

凌斐青胸膛大力起伏，目光恨恨釘在對方臉上。

「等著瞧吧！」他咬牙澀聲道。「我總有一天會撕下你那張假面的！」

「臭小子！別囂張太過！」

長孫岳毅的耐心終於耗盡了。下一刻，他不給少年反應的時間，直接猱身踏進，右肘翻起，正好打在對方的下巴上。

此招名為「苦海渡厄」，凌斐青被擊中後，整個人橫飛了出去，狠狠撞上樹幹。

他痛得腸子都打結了，整顆腦袋嗡嗡作響，臉頰更是異常滾燙，伸手去摸，竟摸到了一臉的血。

除了上回在幽鬼沼澤中被虎咬幫擊傷，凌斐青從小打架基本沒輸過，未料，今日吃了這麼大的虧，卻連對方是如何辦到的都沒看清，不禁又是吃驚，又是錯愕。

長孫岳毅見狀，也有些後悔了。他沒想到自己這徒弟是個繡花枕頭，竟連這點摔打都禁受不起。上前欲將對方拉起，但才剛跨出一步，凌斐青卻自己彈了起來。

「別碰我！」他狠狠拍開長孫岳毅的手，一個起躍，縱上樹頭。

長孫岳毅氣壞了，追上去大吼：「——回來！不許跑！」

但凌斐青哪裡肯聽？只見他雙足疾點，頭也不回地朝後山的方向奔去。李嫣尋在身後叫道：「斐青哥哥！」他全當沒聽到，幾個起落間便消失了蹤影。

就快要入冬了。雲灣村的百姓紛紛置辦炭火，裁製冬衣，準備迎接第一場大雪的到來。

但正當眾人皆忙得跟螞蟻一樣時，村子一角，一間破落的酒肆中，卻有名男子伏在案上呼呼大睡。他面前一片杯盤狼藉，震天的鼾聲響徹整間店鋪。

掌櫃似乎很怕吵醒他。每次接近，那野獸般的男子便會發出含混不清的囈語，不是翻身就是捶桌，甚至還會出手抓住他的衣領，弄得整間屋子地動山搖。

「該死！臭小子……我到底哪裡做錯了？為什麼一見我就跑！你倒說說看啊！──嗯？」

「大俠，小的真不知啊……您大發慈悲饒了小的吧！」

掌櫃被滿身酒氣的男人推了個趔趄，旋即轉身，連滾帶爬出門求救。

不出多久，店門口便聚集了一大群民眾。大夥兒怒氣沖沖，有的還夾持棍棒，就要衝進去找那惡霸理論。

就在這個緊張的時刻，一名身披輕裘的男子突然從後方發聲：「各位別著急，請容在下去跟他談談。」

眾人見到那名晚來的男子，紛紛讓路。他很順利便走到門口了。

原來，此人正是凌斐青的父親，快雪塢的現任當家——凌丹。

凌丹朝身旁的侍從遞去一個眼色：「在風口站了許久，想必大夥兒都冷了。子槐，請各位大哥喝杯熱茶去。」

「諸位這邊有請。」

名叫子槐的僕人說著，從懷中摸出錢袋。聽那聲音，裡頭的數目還著實不少。眾人耳朵一豎，全都乖乖跟他走了，人潮不一會兒便散得乾乾淨淨。凌丹這才慢慢悠悠地掀簾而入。

一進店便看見長孫岳毅伏在角落的一張桌上呼呼大睡，連有人靠近都毫無察覺。究竟在那裡躺了幾天，連他自己都記不清了。

自從那日，失手將凌斐青打傷後，對方就死活不肯再見他。長孫岳毅氣得心肝肺疼，卻無計可施，只好來這小店裡借酒澆愁，喝他個天昏地暗。

凌丹本就生得一副斯文書生的模樣，坐在魁梧的男人身邊，越發顯得弱不禁風。但他投向對方的眼神裡卻帶著幾分真實的同情。

「先生，您何時回來快雪塢呢？我們大家都盼著您呢。」

他倒了杯水，推到對方面前：「請務必振作起來。」

長孫岳毅寬厚的背脊聳動了幾下。過了片刻，才迷迷糊糊地撐開眼瞼，朝凌丹噴了口濃濁的酒氣。

「你……你又是誰啊？」

凌丹沒有動氣，只是微微一笑：「先生離開不過數日，就已經忘了凌某啦？」

「嗯？」長孫岳毅的舌頭顫了一下。

他看著對面這個青衫緩帶，溫文爾雅的男子，突然間，腦中精光閃過，渾身酒意都驚醒了，從桌上倏地彈起。

「——是你？」

「這外頭天陰欲雪，凌某願陪先生共飲一杯，以答謝先生對犬子的悉心教導。」

「什麼謝不謝的？」長孫岳毅狐疑地瞪著對方。

但凌丹的表情很誠懇，不像是在諷刺他。

「青兒從小就是個難管教的孩子。他太聰明了。話又說回來，這孩子到了這年紀還如此任性妄為，我這個做父親的也脫不了責任。」凌丹說到這，輕輕歎了口氣。

長孫岳毅沒有接話。他還在仔細打量著對面的男子。

第一次單獨說話，他發現，雖說對方和凌斐青生得並不相像，父子倆的身上卻仍透露出不少相似之處，比如：舉手投足間的從容自若，以及身上的書卷氣息。

「身為大戶人家的少爺，凌斐青從小一定讀過不少書，識得的字一定也很齊全吧……」長孫岳毅心想。第一眼看見那孩子，他就知道，對方成長的環境定和自己全然不同。因此，即使是身陷險境，身上依然帶著一股天然的尊貴傲氣，容不得敵人半絲輕侮。

他突然感到一陣頹喪。

凌丹的開解不僅沒有讓他振作精神，反而讓他感到自慚形穢，從骨子裡萌生出了想放棄的念頭。

「我是粗人，不懂得調教孩子……你們還是另請高明吧。」

但凌丹聞言卻搖頭：「先生此言差矣。俗話說：『一日為師，終生為父』，青兒既然拜了先生為師，就該跟隨您、孝敬您，風雨同舟，相互扶持，難道不是嗎？」

話說到這，眉心沾了一縷無奈。「不過，自古以來，父親的角色就是最難扮演的。

既要照顧家室，又要有廣闊的胸襟，足以頂天立地，海納百川。」

要像大海一樣……

長孫岳毅呆住了。每當凌斐青惹他生氣，他只知道憤怒懊惱，從來沒往這個方向想過——難道，這就是自己和眼前這個男人之間的差距嗎？

他心中焦躁，用力搔了搔頭。

「可……那小子如今連見我一面都不願意啊。」

對面的凌丹正襟危坐，端起酒碗一飲而盡。

「凡事急不得，還得慢慢來才行。」他說。「從今以後，青兒這孩子，就勞煩先生多加費心了。」

下雪了。

就在凌丹說話的當下，一片雪花飄過窗口，輾轉落向大地。

長孫岳毅望著這一幕，心中悄然一動：「或許，自己真的該再試一試。」

凌丹又苦口婆心地勸了一番，他終於鬆口，答應跟對方回快雪塢去。然而，就在兩人撐傘回去的路上，卻突然迎面奔來幾個神色倉皇的村民。

他們見到凌丹，連忙趕過來，異口同聲道：「大郎，大事不好啦！」

「何事驚慌？」

「牯牛山發生雪崩，把路都給沖垮了！」

牯牛山是位於雲灣村北邊的山峰，屬於重要的水源地，更是通往外縣的必經之路。

凌丹聞言，眉頭深蹙，追問：「有人受傷嗎？」

「有支簡州來的商隊正好路過，不過運氣好，已經救出來了。只是，這次崩塌的範圍很廣，山裡頭還不知是什麼情形呢！」

那人還想繼續說下去，卻不料，長孫岳毅突然出手將他抓住，幾乎要將他拖離地面。

長孫岳毅在對方身上湊來湊去，到處嗅聞。那奇怪的動作，像極了一隻大狼狗。

「你是從哪來的？身上的妖氣如此之重！」

「什麼妖？」

「你這渾人！都到這種時候了，還說醉話！」

長孫岳毅忽然語出驚人，就連一旁的凌丹也不禁面露遲疑：「先生口中說的『妖』，是什麼意思？」

長孫岳毅沒想到對方會這麼問，一時語塞，不知該從何講起。

「所謂妖怪，就是花鳥、蟲魚、走獸等變異而來的邪物，專吃人的元神……別告訴我，你們連這都不曉得？」

聽了這番質問，凌丹赫然想起，二弟凌堯曾投靠的青穹派，似乎就是打著「除妖」的旗號在江湖上行走的。但雲灣村與世隔絕，一向太平無事，這裡的百姓連妖怪的影子都不曾見過，也難怪他們什麼都不知道。

長孫岳毅這廂卻急得跳腳了。他雖不是除妖師，但縱橫江湖二十多年，足以讓他深明妖怪的可怕之處了。尤其，鎮上都是些不會武功的平頭百姓，若是讓那東西跑出來，後果必定不堪設想！

心念轉處，索性撂下凌丹等人，拔步急奔。奔出一陣，瞥見道旁繫著一匹馬。他也不管馬的主人就站在不遠處和人閒聊，直接飛身上鞍，雙腿一夾，朝著大路的方向絕塵而去。

時間回到稍早。凌斐青閒來無事，坐在暖閣裡撫琴。

快雪塢中，除了幾個長輩之外，就只有他擁有屬於自己的獨院。

窗邊的瓷瓶插著兩枝嬌滴滴的紅梅，正是三娘去院中新剪來的。這兩日，他們本來還打算搖船去湖心賞景，可惜天氣太差，外頭的天空陰得跟打翻的墨硯似的，入冬的第一場雪卻遲遲未下，計畫只得暫時作罷。

凌斐青懷裡蜷著一隻微胖的白貓，琴聲和貓的呼嚕聲相互應和，將窗外的風聲都給掩了過去。

彈奏到一半，白貓忽然起身伸了個懶腰，往門口的方向竄去，一甩尾就不見了。同時，外頭響起一道清脆的聲音：「四郎，你也在啊？」

凌斐青停下撫琴的手，說：「早知道妳會來。」

片刻後，李嫣尋抱著四郎從窗口蹦了進來。

她身穿一襲絳色的雪披，雙頰被冷風吹得紅彤彤的。一進來就在凌斐青對面坐下，還很自然地拿起几上的茶喝。

「斐青哥哥，你聽說了嗎？」

「聽說什麼？」

「據說這幾日，小尖山上出現了異象！」

李嫣尋口中的「小尖山」指的就是牯牛山。當地的孩童見那山頭遠遠望去形狀尖尖的，就給它起了這麼個外號。

「異象？」

「就是無法解釋的現象啊。白日鬼影，夜半笙歌等等，諸如此類，貌似還挺瘆人的呢。」

李嫣尋說這話時，雙瞳放光，一點都不像被嚇著的樣子。

「哦？」凌斐青挑起眉毛，靜靜地聽她說下去。

「小光和周家、武家的幾個小鬼都瞧熱鬧去了，剛剛還撿了寶貝回來呢！你瞧！」

李嫣尋說著伸手入懷，掏出一塊絹包，攤開來，裡頭全是閃閃發亮的碎片。

那東西看著像雪，但遇手卻不會融化。凌斐青心生好奇，拈起一點查看。

「這是什麼？琉璃嗎？」

「不知道，但山頂到處都是，望上去真是好看得很！」李嫣尋興奮道。「還有人說是天女散銀呢！」

「只聽說有天女散花，可沒聽過有天女散銀。」凌斐青撇撇嘴。「大概是有人惡作劇吧。」

話雖這麼說，但他仍起身放下琴，道：「走，一塊瞧瞧去。」

自從凌斐青的劍被長孫岳毅給震斷後，他一直未能找到趁手的武器，只能在庫房中隨意挑揀。

今日，他選的是一柄鋒刃微狹的烏金劍。

小尖山離快雪塢不遠，是他們從小到大經常玩耍的地方。這裡春有百花，夏有螢蟲，秋有紅葉，冬有溫泉，雖然地勢陡峭，但可供玩耍的地方多得很，稱得上是雲灣村孩子們的後花園。

為了避開其他遊客，入山探個究竟，凌斐青和李嫣尋來到第二座山坳時，便棄馬而行，從西邊一條只有他們曉得的小徑上山。

這一帶松竹茂盛，幾乎遮蔽了天空。兩人走到一半，忽然感覺空氣變得異常冷冽，就連吐出的氣息也結成了白色的霜。

「下雪了。」李嫣尋喃喃，目光飄向天空。

隔著安靜落下的白雪，凌斐青彷彿看見竹林深處有白影晃動。他後頸一僵，上前兩步拔出劍，喝道：「誰在那裝神弄鬼？快出來！」

兩人順著白影退去的方向提氣急奔，一直追到一座山洞才停下。

此處的雪已積了厚厚一層，半掩的洞口前方站著一名俏生生的少婦，正低頭逗弄著襁褓中的嬰兒。鴉色秀髮在風中飄揚，給人一種弱不勝衣的感覺。

然而，再一細看，凌斐青卻感到背後一陣惡寒。原來，女子懷裡的嬰兒渾身青紫，分明早已斷氣！她一邊搖著嬰屍，一邊唱著：「好寶貝，乖乖睡，阿娘找人來陪你玩。」

李嫣尋杏眼瞪大，顫聲道：「妳到底是人是鬼？為何引我們來此？」

女子抬起頭，冷冷朝她瞥來：「區區螻蟻，何須問這麼多？」

話音甫落，纖腰一擰，以驚人的速度朝二人襲來。

李嫣尋尚未舉刀招架，凌斐青已經一個閃身攔至她身前。但見寒光突閃，烏金劍如潛龍出水，朝那白衣女子颯然劈至。

下一刻，只聽得「噹」的一響，凌斐青的虎口被豁開，鮮血飆灑出來。他本人似乎也嚇了一跳，目光微凜間，瞳孔縮到了極致。他萬沒想到，對方的力氣竟大到能將他的劍給彈回來！

幸虧他反應機敏，借著敵人的勁道向後縱，還順勢拽了李嫣尋一把，兩人一起遠遠竄開。

——那不是人！那到底是什麼怪物？

凌斐青落地抬頭，正好瞅見對面的女子舉起纖纖素手，將染滿鮮血的手指放進嘴裡逐一吮淨。他感覺身軀彷彿被冰雪凍住，喉頭緊縮，寒毛根根倒豎。而隔壁的李嫣尋則忍不住扛刀乾嘔起來。

「挺厲害的嘛……」抱著嬰兒的女子咯咯低笑。緊接著，白裙一裹，再次發動進攻。

凌斐青強穩心神，錯步避開攻擊，迴劍削向對方面門。

這招「風露中宵」本該先虛後實。但危急時刻，凌斐青想起先前長孫岳毅告誡自己的話，遂省去了所有繁複的花招，直接揮劍奪路。

如此一來，果真奏效。那女子被他凌厲的劍鋒逼得不斷退後，整個人瞬間騰起，飄開數尺。那詭異的身法如影如魅，實在不能算是人間氣象。

她張開五指，轉往李嫣尋胸口插落。李嫣尋嚇得臉都白了，急忙斜仰閃避，可趨退間，腳步不慎撞上後方的尖石，眼看就要失衡摔倒。

凌斐青一個幌身，托住她後背，另一手抖動長劍，挑向白衣女子懷中的那具嬰屍。

襁褓被風削開，女子眸中閃過猙獰的紅光，卻不退縮，反而不顧一切地撲向凌斐青，尖銳的手爪只差寸許就要扎進他的脖子。

凌斐青聽見李嫣尋喊道：「當心！」急忙側轉半身。下一刻，雖避開了要害，肩頭衣襟仍被撕下一大片來。他感覺傷口火燒火燎，同時，襲來的還有一股前所未有的恐懼。他拼命揮動手中的烏金劍，大叫：「別過來！」

那女子站直身，衝他勾魂一笑：「小娃子，看你嚇成這副模樣，是沒見過妖？」

她的臉比腳下的雪地還白，笑的時候兩排牙齒相互撞擊，發出咯咯之響，教人聽得頭皮發麻。

凌斐青是怕，但此刻他心中裝得更多的是悔——他真不該來這！更不該把嫣尋一起帶來！他一直以為江湖上的妖怪傳說，不過是大人拿來嚇唬孩童的故事罷了，卻沒想到，有一天，這樣的噩夢竟會降臨到自己頭上！

他心念急轉，拼命想著該如何應對。然而，疼痛卻切斷了他的專注，而就在這關鍵時刻，他犯了一個致命的錯誤。

他本以為自己能仗著兵刃之利，直接擋下對方的掌勢。可如此一來，雖砍中了敵人，卻也被她身上的寒冰之氣給趁虛而入。

女妖的身軀看似柔軟，實際上卻如玄冰一般堅硬。凌斐青手中長劍先是崩了一角，接著破面越裂越大，終於「劈呀」一聲折斷。

受傷的女妖仰天怒號。那聲音掃過四野，激得狂風大作。山頂的積雪受到震盪，頓時大片滑落下來。

凌斐青一手握著半截斷劍，一手拉著李嫣尋，倉皇轉身逃命。可誰知，兩人才跑沒多遠，腳下的地面忽然塌陷消失——原來，那竟是一道被白雪覆蓋的冰隙！

凌斐青連呼救的時間都沒有。尖風從耳畔急嘯而過，在這短短的一瞬，他只來得及回身抱住表妹，接著，兩人便一同墜入黑暗。

也不知過了多久，凌斐青以為自己昏了過去。他手裡的殘鐵深深插入一旁光滑的冰壁，鮮血順著手臂淌下。

然而，在酷寒與痛楚交織的混沌當中，他卻聽見有人在高喊自己的名字。

少頃，下墜的力道陡然消失，一雙大手將他從深淵裡拽了出來。落地時，雪下得又急又密，可這次，卻有一道寬闊而熟悉的背影佇立在前方，替兩名孩子撐出一片無風無雨的清明。

長孫岳毅開口時，語氣仍像平時一般粗暴，卻藏不住一絲急迫。

「——臭小子，你找死嗎？」

凌斐青抬起頭，一時不知該如何反駁。他曉得，自己這回真的闖下大禍了。不過，話說回來，對方又是如何找到他們的？

「快退後！」

只見長孫岳毅從背上解開一柄烏沉沉的大劍，光是劍身便長六尺，寬半尺，宛如一塊燒過的鑌鐵，前端落地，在地面砸出一圈凹痕。

他平時不輕易動用兵刃，但妖有真氣護體，這雪妖又修為不淺，若是赤手空拳恐怕不好對付。

他掃了凌斐青和李嫣尋一眼，見兩個孩子依舊傻杵在原地，忍不住心頭火起：

「還不躲開！等著挨揍啊？」

撂下這句話，逕自轉身欺向敵人。

他手中的劍跟他本人一樣，充滿了磅礡的浩然之氣。看似笨重，但練到了爐火純青的境界，自有一嘯震千山的威嚴。

那雪妖被他劍氣一掃，斜行竄開兩步，再次召喚出烈風撲向來敵。呼號的雪風如刀子般侵膚蝕骨，將人的頭髮都覆上一層薄冰，但長孫岳毅卻巍然不動。只見他氣沉下盤，身子宛如大樹紮根，右手長袖一抖，劍去劍回，皆發生在瞬息之間。

一旁觀鬥的凌斐青不禁目眩神馳。他這輩子從未見過威力如此強大的劍法，欣賞表演的同時，還不忘將動作在心中默記下來。

幾招過後，那雪妖被劍指住要害，無處可逃，倒在雪中喘息欲斃。看她那副模樣，似乎是想張口求饒，但長孫岳毅不給她機會，重劍挾風驚雷，直接將對方的頭顱給斬了下來。

直到妖怪的屍身在眼前化為一灘雪水，他這才撤劍，緩緩籲出一口長氣。回首望去，發現凌斐青不知何時已走到身後。

少年完全被對方的氣勢給震懾了，嘴巴微微張開，目光交會之際，顫聲問：「……至於嗎？」

長孫岳毅像一頭被觸怒的雄獅，目光噴火，鼻翼翕動，冷哼道：「想留副全屍，剛剛就不該動我的徒弟！」

說完，抹去劍上的冰雪，轉過身，大步流星地朝山下走去，絲毫沒有留戀的意思。一邊走，還一邊催促兩名孩子：「走啦！別磨磨蹭蹭的！」

不過，長孫岳毅之所以這麼著急離開，其實還有別的原因。他本就不擅言詞，出了這種事，更不曉得該如何安慰孩子。為了掩飾自己的窘迫，只好三十六計走為上策。

先前，他得知了牯牛山發生雪崩的消息，懷疑背後有妖怪作祟，立刻就趕過來了。而當他看見凌斐青抱著李嫣尋單臂懸掛在冰隙之中時，一顆心更是差點從胸膛裡蹦出來，直到現在，背心仍是一片冷汗。

「還是假裝什麼也沒發生吧……」他心想，繼續低頭疾行。

然而，才沒走出多遠，便聽見背後傳來凌斐青的聲音。

「師父……師父！」

陌生的呼喚迴盪在蒼茫雪峰間。長孫岳毅虎軀一震，不覺停下腳步。

雪妖一死，暴雪終於停了，四周的積雪也開始融化。太陽從鉛雲後方緩緩探出頭來，照射在雪白的山陵上，散發出耀眼奪目的光彩。

雖說前方還有很長的路要走，但這一幕卻已深深地烙印在長孫岳毅的心上。

他不敢回頭去看少年的表情，撂下一句：「再不跟上就不等你了！」抬腳大步逃離現場。

第參章

薙風

但凡男人之間，都存在著一股默契。這種默契很微妙，難以用言語形容，但的的確確擺在那裡。就拿凌斐青和長孫岳毅為例好了，牯牛山事件過後，兩人雖絕口不提當天所發生的一切，但某些事卻已心照不宣。

當初，凌斐青死活不肯認長孫岳毅為師，是因為他將對方視作了擅自闖入家中，破壞自己生活的外敵。然而，與雪妖的那場惡戰卻讓他見識到了對方的另一面。

他並非是被對方的武功給懾服的。凌斐青性格高傲，能令他回心轉意，放下陳見，絕非區區蠻勇可以做到。至於到底是什麼原因，他自己也說不上來。他只是突然意識到，或許真正的宗師，都和長孫岳毅是同一副德性。他們就好像汪洋大海中漂流的冰山，表面平淡無奇，但隱伏於面具之下的實力，就連世間最大的風雪都無法撼動分毫。

次日起，他開始主動找上長孫岳毅練劍。

對方告訴他，那日他所目睹的劍法名為「薙風」。顧名思義，就是連風都能斬斷的快劍。但所謂的「快」，並非指的是劍本身，而是劍氣和劍意。因此，許多時候甚至不必碰到對手，就能將其震傷擊倒，正如大風起處，草木披靡。

然而，說得容易，要做到以上卻極為困難。因此，就算凌斐青是百年一見的奇才，訓練過程也不得不按部就班，全神貫注。

更令人頭疼的是，這對師徒倆天生八字不合，每次遇見總吵個沒完，且動不動就大打出手，鬧得一家子雞犬不寧。長孫岳毅才搬回快雪塢沒多久，屋裡能砸的東西都快被他們砸光了。負責灑掃的莊丁每次看到二人，都只能無奈地把附近的易碎品收起來，然後戰戰兢兢地逃離現場。

這段期間，凌斐青整個人就跟打了雞血似的，從早到晚劍不離手，除了練功外，其餘一切全被他拋諸腦後。

上一次的事件，他全靠長孫岳毅搭救才撿回一條小命，難免自尊心受挫。再加上訓練過程中，他見對方總能輕鬆做到一些自己做不到的事情，心裡更是不痛快。

由於急著想要進步，他開始有意無意地模仿起對方素日裡的一些動作和習慣。師父用大甕喝酒，他就用大甕喝酒，師父砍柴捕魚，他也砍柴捕魚，甚至就連師父冬日游泳，他也跟著跳下水去。

就這樣過了一段時日。直到某天晚上，唐漪雲臨時起意，端著宵夜去探望辛苦用功的兒子，卻發現屋裡空蕩蕩的，叫了多次也沒人回應。

唐漪雲急了，連忙召集家僕一同出來尋找。

眾人頂著寒氣，打著燈籠，將凌斐青住的小院裡裡外外搜了個遍，始終沒見到人影。最後，還是唐漪雲突發奇想，讓人把梯子搬出來，爬到牆頂觀望，這才發現，一向患有潔癖的凌大少爺，竟大大咧咧地躺在屋頂上，以天為被，睡得那叫一個香！

凌斐青的身旁還臥著另一個酣睡的人形，偉岸的背脊起伏如小山，不用猜也知道是誰。雖說師徒倆一個睡南朝北，一個睡北朝南，但那副豪邁的睡姿卻是一模一樣，頗有相映成趣的意思。

撞見這一幕的當下，唐漪雲心中當真是五味雜陳。她既想拿出黏蟬的棍子把這對缺心眼的師徒給打下來，卻又深感欣慰，自己的一番苦心總算沒有付諸東流。

最後，她還是忍住衝動，沒有將兩人吵醒，而是讓莊丁抬來棉被，將兒子包成一顆蠶蛹，這才心滿意足地離開。

這日練習，教到一招「霜風」，凌斐青一次就學會了。只見他手裡的劍在空中呼嘯盤旋，竟將數尺外的池塘水切開一道口子，還能看見魚蝦在乾地上跳動。但長孫岳毅仍然不滿意。

「你手腕下沉時要保留彈性，不能急於發力，而是要靜待時機，知道嗎？」他說著，在半空比了個像連續切菜的動作。「像這樣，喝！」他瞪了凌斐青一眼。「快跟我一起做啊！」

凌斐青覺得對方那模樣簡直像個傻子，但為了變強，他也只好委屈當一回傻子了。

「像這樣？」

「對對！就是這樣！」

於是，接下來的一個時辰，就在不停的甩手切菜中度過。

師徒倆的手掌生得很像，都是十指修長、骨節分明。不同的是，長孫岳毅寬大的掌心覆了一層厚厚的老繭，彷彿閱盡了世間所有的風霜雨雪。

他見徒兒已漸漸掌握訣竅，心中驀地升起一股感慨。兩人在池塘邊坐下，他說道：「以你目前的能耐，足以自保了。但江湖上，有很多事情，不是靠功夫厲害，拳頭硬就能解決的。」

「這我當然知道，用不著你囉唆。」凌斐青叼起一根狗尾草，隨口回答。

長孫岳毅見他一副吊兒啷噹的神色，忍不住舉起拳頭，朝對方腦袋狠狠敲下去。凌斐青痛得呲牙，連忙躍開，怒道：「臭老頭！你幹嘛啊？」

「你才幹嘛呢！」長孫岳毅豎起眉毛。「還敢回嘴！欠抽是吧！」

他正襟危坐，對凌斐青道：「聽好了，為師現在教你的東西，雖然不是打架殺人的法子，卻比任何武功都來得重要。」

凌斐青不知對方這是在賣什麼關子，半信半疑地「哦」了一聲。

「咱們江湖兒女，自然是義字當頭。」長孫岳毅肅然道。「但除此之外，還有三件事，你須得牢牢記住。」

「第一，凡事看清楚再動手，千萬不可意氣用事，以免衍生誤會。」

「第二，遇見打不過的敵人，保命為先，不可一味逞能。」

「第三，別隨便聽信別人的話。就算是那些武功不及你的人，也不能不防。」

凌斐青冰雪聰明，這些道理他本就了然於胸，表面上敷衍著答應，心裡卻想：「你自己這三點都未必能做到，怎麼還敢來教我？」

以上三事交代完畢，長孫岳毅突然話鋒一轉，說起了自己年輕時的往事。

「從前，我有兩個非常要好的異姓兄弟，我們一起練武，一起玩耍，約定將來攜手幹一番轟轟烈烈的大事業。」他說著，忽然長歎口氣。「其實我沒念過書，也不懂什麼道理。這些話，都是當年兩位兄長告誡我的。」

「那他們現在人在哪？」凌斐青問。

「自然是不在了。」長孫岳毅淡淡道。「否則我也不會在這了。當年，大哥被奸人害死，二哥閉關不出，我滿腦子都是報仇的念頭，可惜……」

「可惜什麼？」

「我曾發下毒誓，要聽從二哥的吩咐，不得去尋找謀害大哥的兇手。」

凌斐青見長孫岳毅一臉頹喪，心中很是不以為然，嘴角一撇，道：「既然一心想做，去做不就得了？什麼鬼誓言，通通當他是放屁——」

但他話還沒說完就被對方打斷了。

「胡說八道！」長孫岳毅怒道。「男子漢大丈夫，一言既出，駟馬難追，豈能言而無信？」

凌斐青受了斥責，忍不住翻了個白眼，反問：「所以你才一個人跑去住在沼澤裡面？」

長孫岳毅深吸口氣，眸色深深，凝望著前方平靜的水面。

「與其眼睜睜看著六大門猖狂，司天台隻手遮天，還不如隱姓埋名，做一名鄉野匹夫，也不至於髒了眼睛……」

說到這，冷笑幾聲，那語氣和平時大不相同，凌斐青不由得微微側目。六大門，司天台——這些名字對他來說全然陌生，卻充滿了濃濃的江湖氣息，令他打從心底生出嚮往。

「那不如這樣吧！」他拍了拍對方的肩，話中充滿豪氣。「再過幾年，等我功夫練好了，那些你不能插手的事，就讓我去替你完成！」

長孫岳毅將思緒從回憶裡拔出，抬頭瞥見凌斐青爽朗的笑靨，胸口彷彿被巨石砸中。

為了掩飾自己的尷尬，他連忙跳了起來。

「天底下哪有這麼容易的事！別開玩笑了！有時間在這耍嘴皮子，還不如抓緊機會練功！」

凌斐青一番好心被當驢肝肺，不悅地哼了哼。

他伸了個懶腰，支肘起身。可才剛伸手握住劍，就聽見後頭廊廡飄來一道沙啞熟悉的聲音。

「你們倆倒是處得挺融洽。」

凌斐青立刻把劍扔在一旁，猴子似地竄跳起來：「阿婆！」

原來是凌斐青的祖母，凌老夫人到了。

長孫岳毅心裡不禁打了個突。也不知是否是上了年紀，雙腿虛浮的緣故，這個老婦人走起路來竟半點聲音也無，否則以他的耳力，又怎會沒察覺對方靠近？

「花枝，把東西拿過來。」

老夫人喚來丫鬟遞上一份食盒。打開一看，上層是新鮮果脯，下層則是翠玉豆糕和凌斐青最愛吃的雙色鴛鴦酥。

凌斐青一大早便起床練功，連早膳都沒吃，一看見如此精緻的點心，不覺垂涎三尺，邊吃邊道：「還是阿婆最疼青兒。您若不來，我都得餓著呢！」

凌斐青從小就和祖母感情要好，也只有在對方面前，才會像小孩子般耍賴撒嬌。

老夫人伸手在孫子的臉上捏了一把，眼中滿是寵溺：「小滑頭。年紀越大，越發嘴甜了，也不知將來要禍害多少小娘子。」

凌斐青雙眸骨碌一轉，道：「這也是為了您著想啊。再過幾年，我遊遍九州山川，娶一堆漂亮老婆回來伺候您，豈不皆大歡喜？」

說完，祖孫倆同時哈哈大笑。

長孫岳毅杵在一旁，倒顯得有些格格不入了。

當老夫人問起這段時間的學習進度時，凌斐青很是得意，還現場演示了一遍劍法給對方看。

「先生乃世外高人，你跟著他學習本事，自然精進得比別人更加快些。」老夫人點點頭。「只是，等有朝一日功夫成了，你有何打算？」

「嗯，這個嘛……」凌斐青一邊吃著點心，一邊說起白日夢話來。「等本事變得厲害了，就可以打遍天下無敵手，可以闖蕩江湖，覽盡南北風光，還可以遍嚐天下美食！」他越說越起勁，簡直就是眉飛色舞。「還有啊，我會把搜集來的寶物全都搬回家裡，把快雪塢打造得金碧輝煌，就連皇帝老兒的宮殿都比不上，還要在江南買一棟大宅子。這樣一來，以後到了冬天，我們大家就可以到南方避寒，聽說那裡的花四季不敗，開得可美呢！」

長孫岳毅聽了這段「胸無大志」的剖白，面具背後的臉都鐵青了。

老夫人卻不生氣，只是低眉淺笑。

「你的孝心我知道。可家裡頭的這些瑣事，還有關風、關月幫忙，用不著你太過操心。你向來不喜歡受人拘束，阿婆只希望你這輩子自由開心就好了。」說著，朝旁邊的長孫岳毅斜去一眼：「想必，先生也是這麼想的吧。」

長孫岳毅心中略感奇怪：「這是你們的家事，怎麼反倒來問我呢？」但他向來粗枝大葉，也沒作他想，只是隨口應了一聲。

時光就像流沙逝於掌心。一轉眼，已是夏天了。日頭白灼，榴花欲燃，整個快雪塢都淹沒在濃濃的蟬鳴當中，教人昏昏欲睡。

這日，凌斐青起得有些晚，正準備拾掇東西出門練劍，就聽見外頭有人高喊自己的名字。

「凌斐青！快出來，和我一決高下！」

聽聲音，正是李光那小子。

「還沒放棄啊？」凌斐青不答，心中暗暗好笑。

原來，自從兩人開始習武後，李光就經常上門找他挑戰。他比凌斐青還小兩歲，過去一年來身高雖略有長進，但仍然差了表哥一大截。武功也是一樣。

可就算每次挑戰都以失敗告終，李光卻越挫越勇，樂此不疲。凌斐青和李嫣尋總笑他，說他這脾氣像頭大倔牛。

但倔牛也有倔牛的好處，凌斐青心想。這幾個月來，自己日夜苦練，終於將二十六式的薙風劍法學了個七七八八，也該與人切磋，讓人見識一下了。

他走出跨院，很快就在後門的廣場找到了李光和他那幫狐群狗黨。

那些都是村子裡的孩子，跟著凌堯練了幾年拳腳，就半瓶水晃得叮噹響。另外，除了凌熙，凌晨也被他們拉來了，還被綁在了一旁的樹幹上。

他見到凌斐青，抬起一張苦瓜臉，拉長尾音叫了聲：「哥！」

眼前的畫面如此熟悉，凌斐青不禁失笑。

「晨兒，熙兒，你們玩啥呢？這麼起勁。」

「都是他們！說你若不出來，就要把我一路綁到黃昏！」

「是你自己技不如人，還好意思告狀！」

相較於凌晨的單純，凌熙的性格倒是和凌斐青有著幾分相似。她白了樹上的親哥一眼，隨即朝凌斐青瞅來，表情似嗔似笑。

「聽嫣尋姊說，大哥近來和那個戴著面具的怪人學了一身特別厲害的功夫，是真的嗎？」

「是啊。」凌斐青捏了捏她嬌嫩的臉頰，莞爾一笑。「想不想看我都學了些什麼本事？」

「想！」凌熙最愛瞧熱鬧了，一雙大眼睛立刻興奮地亮起來。

「既然如此，就讓你們看個清楚。」凌斐青說完，轉過身去面對李光。

對方眼神銳利，一副蓄勢待發的樣子，問：「你的劍呢？」

「我用這個就好。」

凌斐青說著，走到一株柳樹旁，隨手折下一段柳枝，對著空氣甩了兩下。柳條柔韌，拎在手中也算是輕盈靈活。可李光見到這一幕，額角的青筋都暴起了。

「凌斐青，你敢瞧不起我？」

「正因為瞧得起你，我才站在這裡。」凌斐青嘴角微揚。「好了，別浪費時間了，開始吧。」

李光鼻中冷哼，隨即箭步一跨，刀尖斜指，刺向對手胸膛。

凌斐青認得這招「白浪滔天」，腳步一轉，已和刀鋒擦身而過。

他身法從容，手中柳條被長風吹得飄飄揚起，看似毫無半點殺傷力。

李光見他一味走閃，卻不還擊，更加怒不可遏。喝叱間，刀光向上沖起，拔向天際，又是一招「泰山橫倒」朝對手攻去。

他個頭雖小，但這一刀下去，卻有力拔山河的氣魄。

在他不留餘地的搶攻下，凌斐青手中的柳條終於動了。只見他身子一幌，那比筷子還細的嫩莖頓時像注入了精魂似的，變得行雲流水起來。同時，他耳邊又響起長孫岳毅的叮囑：「記住了，要像風一樣快，讓人找不著一絲痕跡。」

長孫岳毅口齒笨拙，卻對武學充滿了熱忱，談起練功法門時總會滔滔不絕。加上凌斐青聰明絕倫，許多關竅都是一點就通，因此，即使是頭一次上陣對敵，動作也絲毫不亂。

轉眼間，他右手手腕陡立，柳枝滑了出去，荏弱的柳條硬生生接下了對手暴虐的一刀！

不過嚴格來講，這也算不上「接」。因為兩者剛一接觸，凌斐青便輕輕一帶，卸去了對方的勁力。

接下來的一幕快得幾乎令人眼花。只見柳條拂到一半，突然陡地繃直，那模樣就宛如一把青森森的寶劍。雖說只是一招平平無奇的刺擊，毫無花巧之處，但撲來的勁風卻已先聲奪人。

李光只覺得氣喘不上來，瞳孔一縮，退開半步。想掄刀再上，柳條又已追至。凌斐青手腕一壓，經脈中的力量瞬間湧了出來。

他的薙風劍法雖不及長孫岳毅那般，經過數十年風雨的磨礪，無堅不摧，但一朝得道，卻也非同小可。

下一刻，劍意化為凜風，直接打散了李光生猛的刀勢。

少年被唬得一愣一愣的，當場坐倒在地，其餘看眾亦是目瞪口呆。

說實話，連凌斐青自己也被這套劍法的威力驚豔到了，但他表面上不動聲色，只將柳條隨手拋開，笑道：「這下可滿意了？」

李光回過神，拍拍屁股上的灰，一臉怒容地爬起來。

「要是我和你一樣，有阿爺、姥姥撐腰，還有厲害的師父指導，我一定不會輸的！」

但凌斐青才不會把這種小屁孩的氣話放在心上呢。對方話音未落，他已逕自上前，替樹上的凌晨解開了束縛，還不忘叮囑道：「下次打不過，就跑快點。別再被追上了，知道了嗎？」

凌晨拼命點頭，跟搗蒜一樣。就連其他孩子也紛紛鼓譟著圍上來。

「不愧是凌大哥，好厲害啊！」

「也教教我吧！」

當中一名和凌斐青年紀差不多的少年指著自己烏青的右眼，說道：「前幾日，村裡來了個好兇的小娘皮，把許多兄弟都給打了。凌兄，你得替咱們討個公道啊！」

「一個姑娘？」凌斐青望著對方臉上斑斕的花紋，笑得有些不懷好意。

「是啊！」其他人聽到這，也跟著七嘴八舌起來。

「那娘兒們好不講道理！」

「她和一個瘦不拉嘰的老頭在一塊，他倆還拖著一口棺材呢！真不知有多晦氣！」

雲灣村地處偏遠，外地人本就罕見，何況還是攜著棺材的小娘子和老翁？此事聽上去古怪已極，凌斐青忍不住來了興趣。

他曉得，李光和他的那幫狗腿子，小道消息向來最是靈通，於是問：「他們如今人在何處？」

「還賴在客棧裡不走呢。」

「這麼說，我倒想去會一會。」

「凌大哥，那丫頭會施妖法！你可要當心啊！」

凌斐青聽著這話，又想起了去年在牯牛山上遇到的雪妖。但如今他的武功早已今非昔比，心中不禁躍躍欲試，想著：「就算那妖女有三頭六臂，自己也會一併斬下來！」

潁川的西岸有片竹林。自從跟著長孫岳毅學藝開始，凌斐青每日都會到那裡練習，可謂是風雨無阻。除了打坐、輕功、踩樁等基本功之外，還得對樹練習劈劍。

偏偏，長孫岳毅還規定他只能用竹枝、木棍這種破玩意作為武器。

剛開始的時候，他連樹枝都斬不斷，直到過了頭三個月，方才悟出劍法的精髓。

其實，人手中的「有形之劍」不過是死物罷了，所謂劍客的本質，是要維繫與駕馭心中的那把「無形之劍」。

一旦掌握了箇中之道，即使再刁鑽的試煉，對凌斐青來說都不成問題了。但自從那天和李光交手後，他心中就一直惦記著那名傳聞中的「妖怪少女」，無法集中精神練劍。

於是這日午後，他完成了師父交代的課業後，便決定到鎮上一探究竟。

雲灣村唯一的客棧名為「長鴻客棧」。名字取得喜氣，卻時常冷冷清清的，今日也不例外。

才進大門，就聽見後院傳來爭執聲。掌櫃彷彿和客人起了口角，就連嗓子都吊了起來。

「姑娘，不是咱們刻薄，是真的不能讓您再住下去了啊！」

「該交的房錢，我半分也沒少付，憑什麼趕我們走？你們這兒就是這樣招呼客人的嗎？真是豈有此理！」

「偌大一口棺材停在房子裡，光看著就觸霉頭，咱們這生意還如何做下去？」

只聽那少女冷笑一聲：「你們不僅地方破，食物也難吃，本就沒人想住，反正空著也是空著……」

掌櫃聞言，氣得跺腳：「妳毆傷了人，還覺得自己有理是吧？小心我把妳扭送官府！」

「是那些小鬼自己先挑釁的，我不過給他們一個教訓罷了！」少女狠聲道。「再囉唆，本姑娘便讓你也嚐嚐滋味！」

話音剛落，便傳來門用力摔上的聲音。

須臾，掌櫃垂頭喪氣朝外院走來，邊走還邊嘟囔：「真是個喪門星……」可一抬頭，看見凌斐青站在那，立刻換了副表情，滿臉堆歡地迎上來。

「小的不知凌大郎大駕光臨，真是有失遠迎！」

「看樣子，掌櫃是碰到麻煩了？」凌斐青說著，朝院內瞟去。「不如，讓在下去勸勸吧？」

「哎喲，您是貴客，怎敢勞動？」

「沒事。」凌斐青笑了笑。「我就是去看一眼，礙不著您的。」

那掌櫃見他興致匪淺，湊上前，壓低音量道：「不瞞您說……喪客咱們不是沒碰過，就是沒遇過脾氣那麼大的。軟硬不吃，且動不動就要打人。不僅在店裡胡鬧一通，就連咱們的人想去跟她討個說法，都被攆了出來，實在是……唉！」

「她姓什麼？從何處來？」

「好像姓『孟』。其餘的，小的也不清楚。」

凌斐青越來越好奇了。況且，他對女人的直覺一向很準。光是聽見對方的聲音，就知道此女必定姿色不凡。

他從懷中掏出幾個錢，打發了掌櫃，接著便邁步往裡頭走去。

走進二門，便看見角落的一間屋子，門上掛著一幅白布。

可還來不及敲門，門就自己開了，他面前出現一名身披孝服，面容憔悴的少女。

「你又是誰？」少女沉著臉，很不客氣。「難道就不能給一點清靜嗎？」

「孟姑娘在此作客，可曾想過給左鄰右舍清靜？」

少女收緊眉頭，瞪著凌斐青，彷彿想問他如何知曉自己的姓氏，但話到唇邊，卻又改變了主意。

「你趕緊走吧，趁我還沒生氣以前。」

說完就要轉身帶上門，但說時遲那時快，那木門居然「嘎吱」一聲彈了回來。

凌斐青不知何時伸足卡住了門縫，身形一幌，又退回了原來的位置。

「你幹什麼？」少女怒喝，追了出來。

此舉正中凌斐青下懷。他拔出長劍，挽了個俐落的劍花，笑道：「咱們倆來比劃比劃，若我輸了，自當離去。」

「不要臉！」那姓孟的少女啐道。

她望上去約莫十六、七歲。一張鵝蛋臉，兩筆含煙眉，雖然未施脂粉，但一身縞素卻更襯托出她冷豔出塵的氣質。一雙眸子沉靜有光，令人聯想到徘徊雲間的冷月。

可就在此時，凜光突閃，打斷了凌斐青的綺念。

他連忙向後縱開，這才沒被對方的攻擊給命中。

那少女的武器是一雙分水峨嵋刺。只見她手腕抖動，衣袂翻飛，兩股銀刺在掌中快速輪轉，令人眼花撩亂。

凌斐青躲開了她的前三招，走到第四招，兩人兵刃相交。凌斐青的長劍占了力量上的優勢，但下一刻，少女突然迴起左臂，直接拐過鋒刃，朝他咽喉刺來。

這種近身貼敵的打法，是江湖刺客慣用的技倆，但凌斐青卻是頭一次見識。雙方錯身而過，他聞到對方身上傳來的淡淡幽香，一個走神，臉上已被尖稜劃破。

少女眼見得逞，一個撤步，擺脫長劍的牽制，欺至對方身後，揮刺點來。她手中的峨嵋刺較尋常兵刃更為鋒利。前端以白玉雕花為飾，像極了少女頭上的髮簪。

凌斐青以快制快，劍在掌中掃轉半圈，正好截住敵人的刺擊。他此時已看出來了，對手的武功勝在進退神速，無論撥、甩、挑、帶，都藏著極厲害的後手。於是不敢大意，凌厲的劍光如雪浪席捲，正是一招「霏吟」。

蕹風劍的精髓正是以劍氣壓制敵人。對面的少女感覺一股玄罡之氣朝自己噬來，不由大驚失色。

危急之刹，她突然纖腰一扭，如驚鴻般拔身而起。同時，從裙底飛出一腿，正好踏在劍上，借力竄高數尺。

用區區肉身迎擊白刃，非技勇雙全之人，絕無可能做到。少女此舉，無疑是冒著身受重傷的風險。幸虧凌斐青內功尚淺，再加上她輕功卓絕，雙腳一勾，扣住了後方的梁柱，這才化解了這一劍的力量。

兩人翻翻滾滾拆了四十多招，仍未分出勝負。雙方皆無半點手下留情，心中卻也不禁為對方的實力暗自喝采。

又鬥了一陣，少女動作加快，將一雙銀刺舞得流光洩幻，幾乎讓人看不清來勢。

凌斐青一個側轉，閃入屋內。

只見窄小的房間裡放著一具偌大的黑漆棺材，幾乎占去了半壁江山。

凌斐青斜劍護身，那少女從袖口翻出暗器，正待出手，突然間，一名老人從牆角竄出，二話不說，整個人撲在靈柩上，大叫：「娘子，求妳別打了！」

「十七叔！」那少女驚呼。

她狠狠瞪著凌斐青，又回頭望了一眼棺木，緊咬牙關。

「別打了！就當是老奴求您了！妳難道忘了妳父親臨終前的交代？若他泉下有知，見到妳如今的所作所為，能安心嗎？」

凌斐青順目望去，看見案上陳設的靈牌，赫然寫著「先父孟公之靈位」。又見那少女眸光淒楚，神色間大有悲痛之意，這才意識到，自己此番惡作劇有些過火了。

他收起劍，拱手一拜，道：「在下一時魯莽，多有冒犯。凌斐青在此給二位賠不是了，還望恕罪。」

名為十七的老僕聽見他的話，抬起頭來。

「你姓凌……莫非，你是快雪塢的人？」

「是啊。」

十七抓緊棺木，臉色一變。

凌斐青不明所以，正待開口相詢，那少女卻一步擋到了二者之間。

「你欺侮我也就算了，難道還打算讓死者不寧嗎？」

怒容嬌嗔，楚楚動人，凌斐青一時間都瞧得走神了。

少女見他直勾勾地盯著自己，終於忍無可忍，怒罵道：「無恥流氓！」

凌斐青連申辯的機會都沒有，就被對方狠狠掃出門外，當真是蹭了一鼻子的灰！

若換作一般的「無恥流氓」，遇到這種情形，大概只會自認活該吧。但這還是凌斐青人生中頭一次被女孩子拒於門外呢！

他盯著眼前緊閉的窄門，搔了搔頰，心想：「自己什麼時候變得如此荒唐？」

當天夜裡，凌斐青睜眼躺在榻上，第一次體會到何謂輾轉反側。過了三更，就連腳邊的四郎都將肚皮翻向天空，打起了呼嚕，他卻仍睡不著。白天裡遇見的那位孟姑娘的身影不斷在他腦中徘徊。每當他回想起兩人在客棧中打的那一架，就不禁心跳加速。

自打他從長孫岳毅那兒學會了雍風劍法後，就從未遇到過對手。縱觀過去十幾年的人生，雖然打過無數次的架，可唯有這次最為過癮。那種全身血脈賁張的感覺，實在大快人心！

棋逢敵手，果真是人生一大樂事！直到現在，凌斐青獨自躺在黑暗中，仍有一股大笑三聲的衝動。

最後，終於受不了，下了床榻，取過架上的劍，步至院中。

他在心中默默複習著長孫岳毅教他的每一道招式，劍隨意動，呼嘯龍吟，在冷溶溶的月光下鋪陳著他雜亂的心事。

然而，凌斐青有所不知的是，當天夜裡，難以成眠的不只他一人。

院子的彼端，一道窈窕的身影無聲佇立。

唐漪雲遠遠望著兒子月下舞劍的丰姿，記憶被風一掀，霎時回到了很多年前。

她從來不是一個輕易悲傷的人，但此刻，一顆心卻不由得泛起苦澀涼意。

翌日，孟希夷一早便離開了客棧。但才剛跨出門檻，就被人給喊住了。

「貴人留步！」

她認出是掌櫃的聲音，心想：「之前不是老愛衝著我大呼小叫嗎？怎麼如今搖身一變，成為『貴人』了？真是太陽打西邊出來了！」

她長眉一剔，冷冷道：「有事嗎？」

掌櫃追出來，一臉諂笑地拱手：「過去幾天，店裡忙碌，招待不周之處，還請姑娘海涵。」說著，從懷裡掏出一個精緻的繡囊，遞給對方。「一點小心意，還請姑娘笑納。」

孟希夷卻完全沒有要接過的意思，只問一句：「這麼說，你不趕我走了？」

「豈敢。您是凌爺的朋友，咱們哪敢薄待了您啊。」

「凌爺？」孟希夷皺起眉頭。「莫非……你指的是昨天那個小孩子？」

「他是快雪塢的大公子，身分自然非常人可比。」掌櫃說著，訕笑兩聲。「您在小店下榻的這段時間，所有吃穿用度，他全都包了。還有這個，也是他託在下交給您的。」

孟希夷接過袋子，打開一看，發現裡頭全是渾圓璀璨的珍珠，每一粒至少都有銅錢那麼大！

望著眼前那堆盈盈閃耀的珠光，她的怒氣瞬間登頂——對方竟妄想用這種俗物來收買自己！

她將整袋珍珠往掌櫃臉上扔去，不屑道：「既然你那麼喜歡，就自己留著用吧！」說完，轉身一逕的走了。

雲灣村南方有座古廟，名為「草屯寺」。這裡環境幽靜，鳥鳴繞梁，即使是在盛夏，風吹來，帶動陣陣松濤，也會生出一股清涼舒謐之感。

這個時辰，晨鐘才剛響過，香客不過三三兩兩。

孟希夷抬起頭，痴痴地凝望著正殿的飛簷。過了少頃，這才解開帷帽，拾階而上。

然而，她此行的目的，卻不是為了參拜。她在小沙彌的帶領下，直接繞過正殿，來到假山後側的涼亭。

一名白眉和尚坐在亭中，聽見她接近的腳步聲，起身合十為禮。

「阿彌陀佛，施主來了啊。」

然而，孟希夷的視線卻落在了老和尚背後的少年身上。

只見他眉宇清澈，一雙桃花眼未語先笑。若換作旁的女子，必要為這一笑而神魂顛倒。但孟希夷見到凌斐青，心中卻只有煩厭。

「怎麼又是你？」她怒道。「你跟蹤我？」

「佛門淨地，可不能隨便冤枉人。」凌斐青說著，轉頭面對滿山蒼翠，「這裡的蟬鳴最好了，我是來聽曲的。」

哪裡的蟬聲不都是一樣的嗎？孟希夷聽了這種破藉口，不禁大翻白眼。

但凌斐青身上似乎有著一股渾然天成的自信。他繼續說：「此時，再品一杯觀海法師煮的雀舌茶，那就是人生至樂了。」

孟希夷決定不理會這個頑童。她逕自在觀海對面坐下，說道：「敢問大師，晚輩上回的請託，您考慮得如何？」

觀海和尚倒了杯茶，推到孟希夷面前。但她卻連目光都沒有稍瞬，只是專注地盯著對方。

「求您幫幫我！」

面對少女的乞求，觀海和尚如此回答：「善哉善哉！生死無常，施主又何苦強求？須知，不見他非我是，才能解脫無邊煩惱，如此痴纏，只有徒增業障。」

少女面色一緊：「希夷這麼做，只為盡孝，絕非心存歹念！求您看在佛祖的面上，成全晚輩。」說到這，盈盈拜倒下去。觀海連忙攔住。

「這可使不得，萬萬使不得啊，女施主！」

任憑孟希夷如何哀求，觀海就是不肯答允，兩人爭了半天，凌斐青在一旁看著，心中大感疑惑。

一直等到觀海起身離去，他才忍不住問孟希夷：「妳到底想要大師幫妳什麼？」

此刻，孟希夷內心喪亂，早已將對方先前得罪自己的事給拋諸腦後了。

「這座寺院中有一種罕見的靈藥，」她說。「塗抹在棺廓內壁，再用紅泥封住，就能維持屍身不朽。我本以為，只要求得此藥，就不必擔心父親的遺體在路上腐壞，誰知竟這樣困難……」

她黯然垂首：「其實我也曉得，應該盡快讓父親入土為安。但他臨終前曾託我辦一件事。須等到此願了結，方能帶父親回家，方對得起他老人家的養育之恩！」

凌斐青心想：「佛家講求慈悲為懷，且此事不過舉手之勞，觀海那老頭子何以如此吝嗇？本以為他和其他迂腐禿驢不一樣，沒想到竟這般不近人情！」

他看著孟希夷強忍淚光的模樣，心中憐香惜玉之情大盛，說道：「放心，這件事其實容易得很。既然他不給，我們自己去取不就成了？」

孟希夷搖頭：「存放靈藥的寶塔乃是禁地，日夜都有人監守，恐怕不是好闖的。」

凌斐青一笑：「這就更不必擔心了，我對這一帶熟得很。何況，憑咱倆的本事，這裡又有誰能攔得住？」

「你真的肯幫我？」孟希夷的表情還是有些狐疑。

凌斐青笑道：「不如咱們做個交易。事成之後，妳把頭上的花簪送給我，如何？」

孟希夷瞧著對方比自己還小幾歲，說起話卻油嘴滑舌，不禁蹙眉。但事到如今，她也顧不上許多了。

「好，一言為定。」

兩人商量好計畫後，便去鎮上買了兩身夜行黑衣。待到天色全暗，這才又悄悄潛回寺中。

草屯寺倚山而建，前後不過三進院落。而白天裡，孟希夷提到的那座寶塔，正是位於寺廟北側的寂靜塔。

這座塔與村子的墓地連在一塊，其中還供奉著高僧遺骨，是相當莊嚴殊聖的所在。可或許是作賊心虛的關係，凌斐青從鐘樓的屋頂眺望，卻覺得這古色古香的佛塔透著一股森森寒氣。

他聽見右首的黑暗中傳來鴟梟的叫喚，身形略幌，一個起落便來到塔前。

此刻，值守的沙彌正在寶塔的另一頭巡視，他悄無聲息地靠近，待對方聽聞腦後風生時，已經來不及了。沙彌被劍鞘敲暈過去，凌斐青眼明手快，將人一把撈住，再拖到旁邊草叢裡，不讓發出半點聲響。

另一名僧人也被孟希夷給放倒了。兩人會合後，展開輕功，從佛塔南邊的拱形窗洞溜進塔內。

塔中黑漆漆的難以辨物，壁上的彩畫在漫長的青磚歲月中，早已風化斑駁。凌斐青點亮事先準備好的火折子，看見牆上擺滿了無數個外型和這座佛塔一樣的小塔，想走近細看，卻被孟希夷給攔住了。

「別亂碰。」

說完，她從懷中取出一個鑲銀邊的八角盒子。

盒蓋一開，凌斐青看見裡頭的東西，差點叫出聲來。原來，那竟是一隻又肥又大的黑色蜈蚣！

蜈蚣受到火光吸引，發出兇猛的「哧哧」聲，毛茸茸的黑腳不停竄動，看得凌斐青雞皮疙瘩掉了滿地。

但孟希夷卻不害怕。下一刻，她直接將手伸入盒中，將那隻惡蟲給抓起來。患有潔癖的凌斐青瞧見這一幕，忍不住大皺眉頭。然而，他沒有轉開視線，反而上前一步，一把抓住對方的胳膊。

「妳想做什麼？」

「別出聲……不這麼做，他們就不會來了。」

孟希夷說著，掙開對方，將蜈蚣放在自己雪白的手背上。

黑蜈蚣顯然餓了，很快就伸出尖牙。而隨著「嘶」的一聲，孟希夷倒抽口氣，嬌軀微微一顫。

「……這樣就行了。」

她將蜈蚣拔起，放回盒內，飛快地蓋上盒蓋。可到此時，她手上被蜈蚣咬破的地方已經滲出了不少血，表皮發黑，隱隱有潰爛的跡象。

凌斐青望著那血淋淋的傷口，又瞥了眼孟希夷的表情，心底突然升起一把無名火。

「妳到底在玩什麼把戲？」

孟希夷攏起的眉心有冷汗聚積，聲音卻相當平靜。

「想要得到寶物，總得付出代價。」她說。「跟靈藥比起來，這點小傷根本不算什麼。」

「我看妳是吃錯藥了吧！」凌斐青冷笑。「也難怪觀海大師不信妳的鬼話，身體髮膚受之父母，這就是妳所謂的盡孝？」

孟希夷中毒後渾身無力，懶得跟他鬥嘴，只是將背靠在佛塔的石牆上，運氣調勻呼吸，過了一會兒才又開口：「我沒有騙你，不信你瞧。」

凌斐青又橫了她一眼，這才順著對方的目光抬起頭來。

一瞬間，他還以為自己眼花了。映入眼簾的是數十隻飛舞的銀色蝴蝶。

那些蝴蝶撲騰著翅膀，背上的磷粉在黑暗中熒然流轉，宛如墜落凡塵的星光，伸手就能觸及。

孟希夷看見凌斐青吃驚的表情，嘴角輕揚，解釋道：「這種妖怪叫做『屍舞蝶』，是由死魂身上的精氣和蝶蛹孵化而成。牠們懼怕陽光，只會在冰冷的墓穴出沒。且壽命極短，若是季節不對，還不一定能夠找到呢。」

凌斐青沒想到，這世上居然還有如此美麗，又不會傷人的妖怪。

「這就是妳說的靈藥？」

孟希夷聞言，投來一笑：「算你不笨。」

凌斐青這輩子第一次被人這樣評價，卻不感到生氣，反倒有些哭笑不得。

「要捉住牠們，只能用腐肉吸引。而且最好是人肉。」

孟希夷正解釋到一半，有幾隻屍舞蝶飛到兩人頭頂，盤旋一陣後，停在了她受傷的手背上。

不過片刻功夫，傷口的紫血就被蝴蝶吸得一乾二淨。緊接著，那些蝴蝶一隻隻倒下去，顯然是被毒昏了。

孟希夷將牠們裝入囊中，緊緊繫在腰帶上，這才撕下衣襟將傷口包紮起來。

「將屍舞蝶翅膀上的粉末混入硃砂與蒼朮，製成膏藥，就是江湖上流傳的『摘星丹』，能讓死者容顏不敗，生者則可以延年回春。」

到此時，凌斐青終於明白，為什麼觀海不同意將屍舞蝶交給孟希夷了。這少女雖有可憐之處，行事作風卻實在邪門。

「此藥如此珍稀，妳如何得知它的來歷？」他追問。

「自前朝開國以來，我們家歷代都是除妖師，這種事自然清楚得很。」

「除妖師？」

「就是以除妖為業的江湖俠客。」孟希夷道。「你一直生活在這種偏遠生僻的村落裡，也難怪消息不靈通。」

她眨了眨眼，眼角的笑意好像被風吹亮的皓月，就連一千隻蝴蝶的光芒也有所不及。

凌斐青忍不住心間一動。

他從小就有種感覺——生活在雲灣村的人們，就好像活在一堵封閉的高牆之內。直到今夜，他才終於扒住了牆頭，窺見了牆另一頭的風景。

孟希夷和長孫岳毅一樣，都是來自「外頭世界」的人。凡是經由他們之口說出的故事，他都忍不住被深深吸引。

不過激動歸激動，在孟希夷面前，他仍裝出一副毫不在意的模樣，道：「雖然我對江湖上的事不了解，卻知道這附近有個極好的地方，妳來嗎？」

直到隔天中午，孟希夷才知道，原來對方口中「極好的地方」，居然是一間糖水鋪。

「你果然還沒長大。」她看著凌斐青低頭大口吃冰的模樣，嘀咕道。

「人最重要的是要有生活樂趣。」凌斐青笑。「這家店的冰糖蓮子羹做得最好了，如今入了夏，不是熟客還買不到呢！」

孟希夷聽到這話，表情稍稍柔緩下來。

糖水鋪的對面是一座盛開著蓮花的小湖。填飽肚子後，兩人走到湖邊，將腳浸泡在沁涼的水中，看三兩隻水鳥撲棱著翅膀飛過。

然而，這份愜意卻未能持續多久。過了一會，凌斐青瞥見一道魁梧的身影出現在對面的街角，不由得臉色一變。

「糟了！」

「凌斐青，你做什麼？」

孟希夷自然不知那個戴著面具的高大男子是何許人也。她被凌斐青拉到一旁的草叢裡，正感納悶，就看見草叢間繫著一條小舟。

凌斐青來不及解釋，慌忙解開繩子，說道：「先上來！」接著，趁長孫岳毅還沒發現自己，操起木槳撥開浮葉，將小船送入藕花深處。

孟希夷在船尾坐下，見對方一副心有餘悸的模樣，目光微沉，默了半晌才道：「你和你阿爺吵架了啊？」

「那是我師父。」凌斐青歎氣。「我阿爺才沒那麼無聊呢……」

他此話出口才發覺不妙，忙向對方瞥去一眼。

但孟希夷似乎並不在意。她不是那種會把心事掛在臉上的人，多數時候，總令人感覺捉摸不透。就好比現在，她只淡淡回了句：「你們師徒感情還真好啊。」

凌斐青聽了不禁苦笑。

今早，他沒有練劍，一聲不吭便溜了出來，長孫岳毅發現後，肯定氣得半死。

若此時被抓到，絕對會挨揍，不如三十六計走為上策。

「他那個人啊，就是不識相。」他忍不住嘀咕。「又囉唆又魯莽，連自己的生活都打理不好。除了武功厲害之外，其餘的一竅不通，還常常做一些徒勞無功的事情，簡直蠢到姥姥家去了……」

孟希夷從水裡撈起一顆蓮蓬，隨口道：「原來堂堂凌大少爺，生活也有不好過的時候啊。」

「我看起來哪裡不好過了？」

凌斐青笑著，從對方手中拿起剝好的蓮子放進嘴裡。

這個小動作，讓船身晃了兩下。

孟希夷感覺自己的身體就快撞上對方的肩膀，不禁大窘。但凌斐青只是扶了她一把，接著便坐回船首的位置，雙手穩住木槳，好像什麼也沒發生一樣。

「逛了一天，想必也累了吧。」他從容道。「我送妳回去。」

兩人的小舟就這樣默默盪過湖心。

到了接近岸邊的地方，凌斐青舉起手，指向不遠處的一處竹林。蕭蕭竹影間，隱約可以看見一座草廬的茅頂。

「那裡是我二叔的煉丹房。小的時候，我們最喜歡往那跑了。」

「這麼說……凌二爺沒有和你們住在一起？」孟希夷小心翼翼地開口。

「他是住在快雪塢不錯。」凌斐青解釋。「但他也是鎮上醫術最好的大夫。所以平時都會在這裡給人治病。」

孟希夷沒有接話，只是一直盯著草廬的方向瞧。

過了片刻，她忽然伸手將頭上的簪子給拔了下來。

「給你。」

凌斐青看見那上頭刻著栩栩如生的白色花骨朵，這才想起兩人先前的約定。

「這是曇花，盛開時極美，可惜，等不到日出就謝了。」孟希夷道。「或許這就是命吧。所以阿爺以前總說：一切美好的事物都是短暫的。」

凌斐青接過銀簪，卻沒有收下，僅僅是在手心把玩了一陣，隨即便將它插回對方鬢邊。

「我之前不過是逗妳來著。此物對妳來說意義不凡，送人多可惜啊。」

孟希夷不料他竟是這般反應，表情微微一凝。

她將左手輕輕帶到髮梢的花朵，幾不可聞地歎了口氣。

「那好吧。」說完，將自己這一路所採的蓮花全數抱起，一股腦堆到對方懷裡。

「這些就當成謝禮，送給你了。」

第肆章

恩仇

隨著雨季到來，凌斐青又陷入無劍可用的狀態了。

除了一把生鏽的大剪外，家中所有能用的武器全都喪生在了長孫岳毅手下，簡直就是積屍如山。

這天，凌斐青從打鐵鋪子回來，快到家時，偶然瞥見一道純白的身影佇立在不遠的銀杏樹下，凝望著瀟瀟的雨幕。

雨勢如急促的鼓點，掩蓋了跫音，他從後方走近，輕拍對方的肩，孟希夷被他嚇了一跳。

「別看了，進來吧。」

孟希夷聽見這話，目光不安地挪動了一下。

「我不過碰巧路過而已……」她說。

「那不正好？豈能讓妳白白路過？」

凌斐青的眸中宛如沉了一塊暖玉。他二話不說攜起對方的手，轉身就往屋內走。

此處離他居住的小院不遠，進門後，只見庭中芳草萋萋，房舍雅致。

孟希夷自幼便跟隨父親在江湖上四處漂泊，從沒見過如此氣派的府第。雖然屋中擺設並無一絲奢華，卻處處透露出主人不俗的身分。

凌斐青去換衣裳，她獨自坐在窗邊，正好面對著院內的幾株芭蕉，中間僅隔著一道短廊。

同樣的雨，從室內看出去，似乎小了一點。

一隻渾身雪白的貓咪從桌下鑽了出來。牠的雙眸就好像兩丸黑水銀，一動不動，好奇地望著她。

孟希夷忍不住笑了：「哪來的小傢伙？」

「妳說四郎啊？」凌斐青從內室走出來，隨口回答了她的問題。「牠是阿爺當年從山裡頭撿回來的。阿爺出門時，喜歡把一些受傷的小動物帶回家裡。但通常身子養好了，牠們就會自己離開，只有這傢伙遲遲不肯走，看來是賴上咱們了。」

說完，他微蹲下去，像撈餃子一般，將四郎撈到懷裡，用手摩挲牠柔軟的頸毛。無論是主人還是寵物，都是一臉滿足的表情。

孟希夷看著他倆親熱的模樣，過了一會兒才道：「你父母不曉得我在這裡，這樣不太好吧？」

「放心，我偶爾帶朋友回來，他們也從來不管。」凌斐青瀟灑道。「倒是妳，打算在咱們村停留多久？」

孟希夷眼中閃過一抹遲疑：「這個……我也不知道。」

凌斐青見她支支吾吾的，索性也就不問了。下一刻，他將四郎抱起，湊到對方臉前。四郎也很知趣，用剛才蹭過主人的舌頭，直接對準孟希夷的鼻子親了下去。孟希夷連躲閃的機會都沒有，直接被口水糊了半邊臉。

「……」

果然是有什麼樣的主人，就會養出什麼樣的寵物。

她瞥見凌斐青狡黠的笑，秀眉豎起，就想發作，可瞥見四郎一臉乖巧地看著自己，一肚子的氣又沉了下去。

「牠平時見到陌生人都這麼熱情？」

凌斐青認真地思考了一下：「也不是對每個人都這樣。」

他回想起當初長孫岳毅剛來快雪塢時，四郎就曾經在自己的慫恿下，鑽進對方的被窩裡，留下了一份不小的「禮物」。

但令凌斐青印象最深刻的還是長孫岳毅發現時的反應。直到如今，他每次想起那畫面，都仍不禁笑到淚眼模糊。

他將這件趣事講給孟希夷聽，對方說：「依我看，你心裡就是老裝著你師父，才會把這事端出來炫耀。」

又過了一陣，雨漸漸小了下去。

孟希夷說守孝期間不宜在外逗留，凌斐青便送她回客棧。

十七守在屋前，瞅見兩人並肩朝著這裡走來，還有說有笑的，連眉毛都驚飛了。正想開口，孟希夷突然轉過目光，使勁地瞪了他一眼。

到門口，孟希夷本來還想留凌斐青一起用晚膳，卻不料，對方走得大方乾脆，道完再見，一幌身就跑得沒影了。

原來，今日乃是七夕，也就是長孫岳毅那個短命大哥的忌日。

凌斐青知道，師父每次想到兄長之死，心情低落，就會跑去一個人喝酒。

他擔心對方又喝醉幹出什麼蠢事來，所以決定還是過來看一眼。

長孫岳毅過去十幾年來都是與山林鳥獸為伍，住不慣富麗堂皇的宅邸，更不習慣身邊有人伺候。於是搬來不久，他就在快雪塢東側一隅給自己搭了間簡陋卻結實的茅屋，除了傳授凌斐青功夫和出門買醉之外，其餘的時間都是神龍見首不見尾，很少與他人來往。

凌斐青來到他的住處，果見他一個人坐在柴門外的板凳上，面前除了有燃燒紙錢留下的灰燼外，還擺著三大罈的濁酒。

「你還真有出息啊！」凌斐青冷哼一聲。

他方才和孟希夷說話時還春風滿面，到了長孫岳毅這，滿腔柔情卻瞬間化為烏有，凌厲的目光在對方臉上刮來刮去。

突然間，他大步流星踏過去，長劍連挑，將那三缸烈酒挨個兒挑起，送上了草廬的屋頂。

如今，他運劍的手法已經臻於純熟，此番動作一氣呵成，連半滴酒都沒灑出來，簡直跟變戲法一樣。

長孫岳毅手中還揣著一只酒壺。下一刻，也被他一把搶過，往竹林裡擲去。

長孫岳毅兩手空空，用發紅的眼睛瞪著徒弟。

「——小兔崽子找死啊？還不滾一邊去！」

凌斐青聞言，怒極反笑。

「是啊，我是什麼都不懂。但你呢？敢不敢用鏡子照照自己？一大把年紀，老是蹲在這唉聲歎氣，鬧彆扭，難看死了！難道這就是你所說的武者風範嗎？」

連凌斐青也搞不清自己為何如此激動。他只知道，每次看見對方自暴自棄的模樣，內心就不禁火冒三丈。

「想揍我是吧？那就站起來啊！」

凌斐青話說完，直接瞄準對方胯下的板凳踢過去。

這招果然奏效。長孫岳毅立刻跳起，低吼著一拳揮來。

託這段日子的鍛鍊之福，過去半年來，凌斐青的身高迅速飆漲，眼看著就要越過長孫岳毅的肩了。他躲過對方的這記醉拳，順勢將他掃倒在地。長孫岳毅腦袋碰在石頭上，痛得幾乎清醒過來。

「混賬！」他嗷嗷大叫。

但凌斐青根本沒在聽。他走到井邊打了桶水，朝長孫岳毅兜頭兜臉潑去。

「這樣喝夠了吧？」

長孫岳毅沒有反駁，卻也沒有繼續胡言亂語。

他倒在草地上，望著天邊缺了一角的明月，道：「你還那麼年輕，哪裡會知道獨活的滋味有多難受？」

他嗓音哀沉，彷彿一隻受了傷的野獸，正在用力撓著自己的心口。

「有些錯誤一旦鑄成，這輩子都無法償還……」

「什麼獨活不獨活的？」凌斐青摸著被對方撕破的袖子，不悅地擰起眉頭。「是嫌我們家裡人還不夠多，不夠吵鬧？我一個大活人站在這，你看不到？」

他見長孫岳毅不吭聲，繼續酸道：「我瞧你是把自己當作聖人了吧？都是凡夫俗子，誰能保證這輩子清清白白，沒有汙點？」

「青兒，你這臭小子，又強詞奪理……」過了半會兒，長孫岳毅終於笑了，但那聲音卻比哭還難聽。

下一刻，他緩緩爬起身，伸出蒲扇般的大手，抓住徒弟的後腦勺用力揉了兩下。

「對了，有些事，也到了該和你說的時候了……」

凌斐青生平最恨的就是別人亂碰他頭髮了。這一點，全家人，以及左鄰右舍的叔叔阿姨都是知道的。偏偏長孫岳毅心思比腰還粗，就算提醒過多次，每次還是轉身就忘了。

「他今天心情不好，你別計較，就讓他這一回吧。」凌斐青一邊心想，一邊咬牙忍耐。

「您有話就直說吧。」

「這個嘛……」長孫岳毅頓了一下，壓低音量：「和女人在一起時，你得千萬當心。」

凌斐青臉色都變了。他做夢也猜不到，對方想說的居然是這個！

「你當我三歲小兒嗎？」他抬頭怒問。

可長孫岳毅彷彿沒聽見一樣，自顧自地說下去：「和女人牽扯最是麻煩了，這點，你娘沒提醒過你嗎？真是太不盡責了。」

他忍不住「嘖」了一聲，卻沒注意到凌斐青的額角青筋都快破皮而出了。

「你還有資格對著別人說三道四？」凌斐青怒道。「平時該說的不說，不該多嘴的時候，卻念叨個沒完！」

他想從對方的臂彎裡掙脫出來，可長孫岳毅卻硬是不讓，還打了個酒嗝，用手肘扣住徒弟的頭往自己胸前拐，簡直跟小孩子沒兩樣。

「別任性，師父都是為你好，知道嗎？」

幸好，自從長孫岳毅來到快雪塢後，凌斐青便特別派人盯著他，確保他隔三差五就有洗澡，因此，如今他身上已經沒有當初在沼澤時的那股怪味了，只有青草混揉著烈酒的味道。

——可現在是七月啊！這個樣子不僅丟臉，而且有夠熱的！

凌斐青真是無語問蒼天。

他放棄掙扎，任憑對方摟著，隔了半晌才不陰不陽地說了句：「你再這樣鬧，食物都要被壓扁了。」

「什麼食物？」

凌斐青從對方手臂下鑽出來，解開懷中包袱，從裡頭拿出烤餅、桃子、榛子，還有炸得酥脆的巧果。這些都是他剛剛路過廚房時順手牽羊兜來的。

長孫岳毅見他憑空變出一大堆吃的，不禁一呆。

「今天是乞巧的日子，你娘應該備了很多好菜，你不進屋吃嗎？」

「不必了。」凌斐青說著，翹起雙腳，隨手拿起一顆桃子送到嘴邊。「我已經跟她說過了。何況，今夜這天氣挺好的，不是嗎？」

「嗯，是挺好，挺好。」

長孫岳毅的笑容擠破嘴角，看上去格外傻氣。

此時，天階夜色涼如水，師徒倆好不容易停止折騰，在屋外安靜地吃起了野餐。仰起脖子，正好能看見牽牛和織女兩顆星在天河的彼端閃閃發亮，宛如一對雙生子。

來到二更天，長孫岳毅睡得死沉，打起鼾來。凌斐青扛起對方沉甸甸的身軀，往小屋的方向走去，心裡有複雜的情緒在流動。

他又想起師父方才伸手抱住自己的那一幕——那種神情和力道，就彷彿是在擁抱此生不可多得的溫柔。

他無法理解，也不知道該說什麼，但對方無意間流露出的脆弱，還是打動了他。

種種回憶浮現腦海，他忍不住想：遇到師父之前的那個自己，心境和現在多不一樣啊。

那時的他，不懂的事情可多著呢——不曉得天高地厚，人外有人；不曉得想要練好一身的功夫，得先付出比別人更多的努力，吞下比別人更多的苦果，更不曉得，原來一個人可以活得如此寂寞……

他將長孫岳毅安置在榻上，突然有股衝動，想揭下對方的面具偷看一眼。然而，才剛抬起手，轉眼便又打消了念頭。

就在他轉身準備離開時，卻瞥見腳邊有個東西在一閃一閃地發亮。定睛細看，竟是把鑰匙。

他猜想，此物大約是從長孫岳毅身上掉出來的，但上頭的花紋太過細緻繁複，不像是對方素日會帶的東西。

凌斐青將鑰匙擺到床頭時，忍不住多看了一眼。總覺得，那紋樣很眼熟，也不知在哪見過……

依照長孫岳毅的性格，是絕不會發現有人動過他的東西。即使察覺位置有變，也只會懷疑是自己亂放的結果。因此，他不提，凌斐青也就將鑰匙的事拋諸腦後了。

這陣子，他忙著苦練薤風劍的最後三式，每天只睡兩個時辰，雙掌都生出了厚繭，肩膀和小臂更是難以倖免，布滿了各色的瘀青和劃傷，幾乎可以用「五彩繽紛」來形容。

他自己沒把這種小事放在心上，但孟希夷卻不樂意了。

這日，她把凌斐青帶到客棧茶樓裡，逼他坐下，拿出專治跌打損傷的金瘡藥替他敷在手上。

她下手很輕，藥碰到傷口，沒什麼疼痛，只有一股微涼的感覺。

凌斐青靠在涼席上，一手支頤，歪著頭欣賞對方專注的動作，嘴角還帶著一點不正經的笑容，一點也不像是在受苦受難。

一天中陽光最烈的時辰已經過去了，店裡除了他們之外，只有一名長得像乾癟四季豆的青衫老頭，坐在角落裡猛嗑瓜子，還有個從剛剛起就一直埋頭大睡的斗笠男子。

眼看對方睡得天昏地暗，掌櫃走到斗笠男的旁邊，清了清嗓，又敲了敲桌，道：「得了，這位郎君，您先付了酒錢，包您愛怎麼睡就怎麼睡……」

可一句話還沒說完，突然大叫著向後躍開。

原來，他剛剛動手去推男子的肩膀，沒把人弄醒，斗笠卻滑了下來。

只見帽簷下的那張臉滿布紫氣，嘴角淌著血沫，雙眼翻白，一看便知是身中劇毒。

「我的老天爺！」掌櫃何曾見過這等景象，嚇得魂飛魄散。

慌亂間，他撞上桌子的一角，座位上的男子遂直接從椅上栽倒下去。

還是孟希夷眼明手快，身子一閃就趕到了昏迷男子的身邊。「匡當」幾聲，杯碗茶碟碎了一地，她將對方扶起，先是伸手搭脈，接著駢起兩指，在他的人中處推拿了幾下。

「不行，這毒太厲害了……」

她抬起頭，求助地望向凌斐青。

「不對啊……好好一個人，怎麼無緣無故會中毒呢？」凌斐青掃了一眼桌上狼藉的酒菜，眉頭深鎖。

「這些東西先擱著，誰都別碰。」他轉頭吩咐掌櫃。「咱們趕緊找大夫來瞧瞧，這位大哥的性命或許還有救也未可知。」

孟希夷道：「我去！」說完便起身往外奔。

可才剛跨到門口，腳步卻忽然頓住了。

她扶著門框，整個人晃了一下。接著，一手按住胸口，身子宛如風中弱柳，緩緩向後倒去。

凌斐青撞見這一幕，霎時色變。

下一刻，他一個墊步衝上前，正好將對方接了個滿懷。

然而，低頭捧起對方的臉時，卻發現那張皓玉似的面龐不知何時已經罩上了一層淡淡的黑氣，虛汗層層泛出，將兩人的衣裳都浸濕了。

「小心……別碰……！」

孟希夷漆黑的眸底盡是痛楚。她掙扎著將頭抬起，可才一動唇，血便湧了出來。

這下變故，當真是誰也沒想到。

凌斐青的腦袋彷彿被巨棒敲了一擊，當下想也沒想，直接將對方橫抱起來。

「快！」他對愣在旁邊的夥計道。「帶他們去凌二爺處！」

凌堯的草廬是個相當清靜出塵的所在。離湖很近，四周修竹遍植，風一吹來，綠浪搖曳，碧波萬頃，煞是好看。

可就在這片幽雅的竹篁裡，驀地插入一道人影，連招呼都不打，掠過花架，直接就往屋裡闖。

潔白的帳幔被匆匆撥開。

「二叔！」

凌堯本來正在角落裡整理藥草，看見姪兒半身是血衝進來，嚇得差點心悸倒地。直到對方奔到近前，他發現那些血不是凌斐青本人的，一顆揪緊的心臟才恢復原形。

他立刻收起緊張，端出醫者的冷靜態度，指著一旁的竹塌，說道：「你把人放下，去後面打桶水來！」

凌斐青毫不猶豫，一閃身就又出了門。

凌堯則是將目光轉向床上昏迷的少女。他凜了神色，一邊在桌上排出金針，一邊呼喚僮僕過來搭把手。

「要救命，得先將毒素排出來才行。」

當凌斐青再回來時，發現茶樓夥計已經帶著人把先前那名中毒的男子給抬來了。凌堯用艾草炙了針尖，正在替二人施針。

那男子中毒時間長，情況也較為嚴重，幾針扎下去，又滲出不少紫色的膿血。

凌斐青小時候經常在附近玩耍，早就看習慣凌堯為病人診疾了。但他們這種小村莊，上門的多半都是些風寒、胃痛、腳氣、小兒夜啼的患者，沒什麼大毛病，頂多就是發高熱，咳嗽厲害些罷了。這種滿室血腥的畫面，他還是頭一次見。

「這水是什麼用處？」他忙問。

「讓你拿去洗把臉，冷靜冷靜。」凌堯簡短道。「還有，去裡面換身衣裳，別汙了病人的床鋪。」

凌斐青愣了半晌才反應過來對方話中的意思，是要他先平復一下自身的情緒。他曉得二叔處理事情一向有分寸，於是乖乖聽從了。

洗漱更衣完畢，果然感覺清醒許多，心跳也漸漸緩和下來。

他坐在床邊的藤椅上，望著孟希夷微微蹙起的眉心，腦中思緒飛轉。

他想起，方才在茶樓時，對方是第一個碰觸到那名斗笠男子的人。結果兩者相繼中毒，其中關聯，絕非湊巧。

然而，就在此時，他的思路被凌堯給打斷了。

只見他從昏迷的男子身上拔起發黑的金針，端詳片刻，隨即面色一緊，說道：

「錯不了，是妖毒。」

「妖毒？」凌斐青愕然。

「天下奇毒有泰半來自妖怪，以我們目前對他們的了解，尚不足以一一分辨。」凌堯解釋到這，微微一頓。「但我敢斷言，這兩人所中的毒是來自一種叫『禍伏鳥』的妖怪。」

這話一出，凌斐青的腦子裡有一百個問題在繞轉。但眼下，他真正關心的就只有一個。

「能治好嗎？」

「我用鎮穴金針暫時壓制住了他們體內的毒素，目前性命暫且無礙。」凌堯道。「但這畢竟只是治標，毒素無法拔清，埋藏在血液之中的話，隨著經脈流入臟腑，終究是凶多吉少。還須好好想一想，是否有什麼解毒之法……」

對方神情凝重，凌斐青的心頓時涼了半截，但更令人焦慮的還在後頭。

只見凌堯眉頭深蹙，犀利的目光朝他射來。

「青兒，說實話，到底發生了什麼？鎮上怎麼會出現妖毒？你自己呢？有沒有哪不舒服？」

「我……」凌斐青咽了咽口水，搖頭。「我沒事。」

然而，回答的當下，他便知道事情沒那麼簡單。

應該這麼說，從進屋的那一刻開始，他就一直感覺很蹊蹺，總覺得自己哪邊想岔了，遺漏了某條關鍵線索，這才導致了眼前的困局。

這種感覺難受極了，就像是被一張網緊緊裹住，看不清，也喘不過氣。

客棧、食物、中毒的男子……他腦中不停閃過事發當時的畫面，同時，目光一寸也沒有離開過孟希夷的臉龐，就這樣墜入了沉思。

睡夢中的少女鴉髮綴肩，雙目緊閉，宛如一具陶瓷人偶。

凌堯從小看著凌斐青長大，自然了解他的性子。見他痴痴地盯著人家美女看，也不逼問，只是拍了拍他的肩。

「幸好這位姑娘中毒不深，她內功底子也不弱，毒素這才沒有散入心脈。只不過按理說，她現在脈象平穩，應該要醒過來了才是。」

凌斐青忽然想起一件事，問道：「幾天前她也曾被蜈蚣螫中，是不是和這點有關？」

凌堯凝眉思索了半晌：「一時我也無法斷定。但為了確保病勢不再惡化，還是讓她暫時住在這，等挺過了今夜再說吧。」

「那我也留下來。」凌斐青立刻表態。

為了展現自己的堅定，他還從後面的櫃子裡拿出寢具，鋪在地上。

凌堯見他忙進忙出挺精神的，一顆心也稍稍安定了些。

「好吧。」他微笑。「說起來，咱們叔姪倆也好久沒有這樣一起徹夜談心了。」

這句話勾起了凌斐青的回憶。

他想起從前，父親身體不好需要靜養，母親又忙著主持家中事務，二叔擔心幾個孩子寂寞，於是一有空閒，就帶著他和關風、關月，還有凌晨、凌熙出門玩耍。夏天時，到附近的山上採草藥，到了晚上，就到竹林裡乘涼。這座綠竹草堂就是那個時候搭建起來的。

可誰知，不想這些還好，就在回憶流經腦海之際，他的額頭彷彿被人用手指大力彈了一下，頓時恍然大悟。

來到半夜，整座草廬在月色下呈現一片靜謐安詳，只有檻外風弄竹影，發出細微的沙沙之響。

然而，這難得旖旎的畫面，卻被一陣詭異的動靜給破壞了。

只見一道身影悄無聲息地溜起，跨過房間，來到對面的臥榻旁。

被褥下的人形若隱若現。來人停下腳步，袖底驟然翻出一截冷光，狠烈的光束直往對方身上招呼過去！

然而，就在鋒刃刺下的霎那，床上的人快如閃電，滾向右首，避開了這記陰險的殺招。他將臥被一掀，捲住襲來的刀稜，接著翻身疾轉，屈伸之間，已將藏在背後的長劍激盪起漫天寒星，削向敵人雙膝。

但他這招不過是嚇唬對方的。趁著對手擰身而退的剎那，他撒開長劍，右手倏出，擒住對方手腕。

只聽見「鏘」的一響。孟希夷被拽得整個人旋了半圈，踉蹌間，手中的峨嵋刺也跟著落地。

她盯著眼前熟悉的身影，眸中閃過一抹不可置信。

「怎會是你？」

「怎麼不能是我？」凌斐青定定回答。平時暖洋洋的眼神，此刻已冷若冰山。

孟希夷聽到這幾個字，頓時面如死灰。兩人四目相望，誰都沒有動。

而就在這時，後方燃起光亮。正是凌堯舉著燈燭從內室步了出來。

「姑娘，這話該是凌某問妳才是。」他望著這一幕，正色道。「我和足下無冤無仇，妳何苦費盡心機，不惜自殘軀體也要置我於死地？」

「——因為你該死！」

孟希夷一咬牙，眼神再度凌厲起來。

雖說半路殺出凌斐青這個程咬金，害她的行動功敗垂成，但她的決心並沒有因此而減弱半分。

只見她從懷中抖出兩條狀如綢帶的暗器，朝著凌堯身上纏去。

那和江湖上常見的「鏢」、「針」、「釘」一類的暗器外表截然不同，雖為至柔之物，卻削鐵如泥，能取人性命於呼吸之間。

凌堯不禁目光一跳。

「——魂天綾！」

危急之際，他腳步一挫，身子向左急偏，這才險而又險地避開了那捲來的致命絲綢。

見狀，孟希夷的臉色變得比雪還白。她望著凌堯被割斷的廣袖，冷笑：「都怪我功夫太差……否則，剛才那招，早該取了你的狗命！」

凌斐青還牢牢抓著她的胳膊。忽然間，臉色一變，揚起左手，重重抽了對方一記耳光。

孟希夷也不知是沒有閃還是閃避不及。那清脆的聲音在室內迴盪，伴隨而來的還有凌斐青憤怒的警告。

「妳再動一下試試！」

孟希夷被打得眼冒金星，卻仍倔強地迎上對方的視線。

「是啊，應該的。畢竟，我可是差點殺了你啊……」她嘴角帶血，殘破地笑了。

倒是凌斐青自己，急怒退去後，立刻就後悔了。

他曉得，剛剛兩人交手時，對方一認出自己就退開了，很明顯是手下留情。可即便他知道，卻依然沒有放開對方，反而攥得更緊了。

「是妳下的手吧。」他冷冷道。「妳在那位大哥的茶裡下毒，去扶他時，再假裝不小心把茶杯打破。」他話說到這，微微一停。

「我當時就在想，妳就算摸了那人的傷口，身上毒性也不至於發作得如此之快。若真有那麼容易傳染，我碰到了妳的血，為何卻沒事？我猜，妳定是一開始就把毒物藏在了身上，再趁我不注意時吞下去。」

隨著凌斐青道出自己的推論，孟希夷的臉色越來越死沉。

她自嘲一笑：「或許我早該知道，是瞞不過你的。凌斐青，你真是個可怕的小孩……」

「過獎了。」凌斐青低哼，表情有些扭曲。「是妳自己破綻太多。」

凌堯走上前，神色陰晴不定。

他指著孟希夷左手的曇花峨嵋刺，道：「妳懂得用魂天綾，又隨身帶著此物……妳和孟千手是什麼關係？」

事到如今，孟希夷也不打算隱瞞了。

「他是我阿爺。」她說著，瞪住對方。「他去世前留下訊息，讓我來找你報仇，難道你還想抵賴不成？我已在佛前立誓，要將你的頭顱砍下，放進棺材裡，給阿爺陪葬！」

凌堯聞言，眼神一黯。過了片刻，這才長歎口氣。

「孟姑娘怕是誤會令尊的意思了。令尊讓你來找我，並非為了尋仇，而是為了取回他生前的心愛之物。」

孟希夷杏眼圓睜：「豈有此理！我才不信！」

凌堯第二次歎氣。

「也難怪妳不信。不過凌某說的都是實話……多年前，令尊和我同在青穹派習藝。他算是我的師兄。只可惜，我們倆並非一路人。他有闖蕩江湖的壯志，我卻沒有。他擅長鑄造兵刃暗器，而我鑽研的卻是如何用丹藥解人病苦。我們當時都還年輕氣盛，有一次起了爭執，令尊說要證明自己的實力，於是就將此生最引以為豪的一對寶劍交給了我，並告訴我，將來有一天，等他登上技藝的巔峰，打造出足以將那對寶劍擊敗的兵刃後，就會找我討回來。」

「可阿爺活著的時候，一次也沒提過你的名字！」孟希夷怒道。她的眼淚終於流了下來。「他怎麼可能把那麼重要的東西，交給一個無關緊要之人！」

凌堯露出一點苦笑。

「那大概是因為，他覺得我不值一提吧……但正因如此，所以把寶物交給我，反倒成了最安全的選擇。這些年，他為了實現自己的抱負而四處奔走，在江湖上聲名鵲起。我還以為，他遲遲沒回來找我，是因為早就忘記有凌某這號人物了呢。」

「胡說！」孟希夷怒道。

但凌堯並沒有動氣。只是轉身走到角落，將床榻翻起，從底下的暗格中取出一道漆黑的木匣。

「這就是當初令尊託付給我的事物。我一直依照約定，妥善保存著。孟兄遺囑，想必是希望寶物能順利轉交到妳手中。畢竟，這可是他一生的心血。」

他拂去匣上的灰塵，眼中帶著淡淡的哀戚。

「今日既物歸原主，將來要如何使用，就取決於妳自己了，還望姑娘三思而後行。」

看見木匣上的火焰標誌，孟希夷的臉色變了變。她顫巍巍地揭開盒蓋，只見裡頭躺著一雙雪白的細刃。她用手指撫摸那冰冷的寒鐵，喃喃道：「這是阿爺的手藝……」

「很遺憾，凌某對令尊的死一無所知。」凌堯道。「但書中有載：『輕用其芒，動即有傷，是為兇器；深藏若拙，臨機取決，是為利器。』可見，這世上再厲害的兵器，若不能辨是非曲直，終究會傷及自身。」

孟希夷聽到這裡，俏臉漲紅。

她將寶劍繫在背上，從懷裡掏出一個小瓷瓶。

「這是妖毒的解藥。拿去給那位大哥服用吧。」

說這話時，她的聲音有些發抖，不敢直視凌斐青的眼眸。她將藥瓶交給對方後，立即抽回手指，一個扭身，穿窗而出。

她皎白的背影宛如海燕鑽天，在月夜中迅速模糊遠去。凌斐青凝望著這一幕，眸色深深，沒說什麼。

然而，人心畢竟是肉長的，他一想到對方即將拖著那具沉甸甸的木棺，出發去尋找真正的殺父仇人，胸口還是忍不住一陣痙攣。沉默了半天，最後只說了句：「江湖，真是個荒謬的地方。」

「你果然還和從前一樣，眼光夠毒。」凌堯苦笑。

這一夜總算過去了，凌斐青突然感覺骨子裡襲來一股濃濃的倦怠。他揉了揉眉心，咕噥道：「二叔，我頭疼得很，先回去睡啦……」

「嗯，辛苦了，你去吧。」

凌斐青真的說到做到。事後，他不僅蒙頭大睡，而且還風風火火地睡了兩天。等他終於醒來時，已經是在快雪塢自己的房間裡了，至於具體是何時回來的，連他自己都記不清了。

明晃晃的陽光透過簾子照進屋來。他打個哈欠翻身坐起，一眼就看見半開的窗下擺著一張摺起的字條。字條上還壓著一支花簪。

凌斐青走過去，拾起曇花簪子，又將字條打開來。可才低頭看了兩眼，門外就蹦蹦跳跳地進來一個人。

「斐青哥哥，你醒啦？看什麼呢？」

李嫣尋一見到表哥，立刻黏皮糖似地貼了上來。

「沒什麼。」凌斐青懶洋洋道，將簪子藏進袖口。

李嫣尋想越過對方肩膀偷看他在幹嘛，但才剛掂起腳尖，就見凌斐青將手中的信撕成碎片，往窗外一撒。

那些紙片在空中開出美好的形狀，接著便被風撲散吹遠。

然而，凌斐青並不在乎。上頭的內容很短，他早就一字不漏地背下來了。

「有負雅意，抱歉良深。千山泱水，望自珍重。」

這一刻，他彷彿看見孟希夷就站在自己身前，嘴角輕提，星眸眨笑：「凌斐青，像你這樣的傢伙，長大後到底會變成什麼樣的人？著實令我期待。」

他抬頭看向天邊的雲影，腦中再次閃回兩人當初擅闖寂靜塔的情景。

嫦娥應悔偷靈藥，碧海青天夜夜心。江湖浩渺，也不知那個孤傲的少女，如今身在何處。

第伍章

真相

之後很長一段時間，凌斐青都沒再想起那把神祕鑰匙的事。他沉浸在練武的世界裡，和長孫岳毅幾乎形影不離。

這並非什麼壞事，但隨著他的內力逐漸增長，劍法日趨凌厲，快雪塢的院子就再也不適合二人修行了。

為了眾人的安危著想，過去幾個月，師徒倆都是在牯牛山上進行特訓。可就在某天下午，竹林裡忽然傳出一聲憤怒的咆哮，把附近棲息的鳥兒都給驚飛了。

「你怎麼又把粥煮焦了啊？」

長孫岳毅低頭望著鍋裡那團稀糊糊的東西，用手指蘸了一點放進嘴裡，咕噥道：「有嗎？我怎麼都沒嚐出來？」

凌斐青聞言，簡直七竅生煙。

「大老遠就聞到焦味了，還用得著試？」

「焦了就焦了唄。」長孫岳毅隨口道。「我們是在修行，又不是來享福的。」

抬頭瞥見凌斐青一臉嫌棄的表情，又追加了一句：「飢餓使人軟弱，過飽使人昏沉。真正的武者，每頓只能吃三分飽。」

凌斐青咬牙切齒：「就你這種煮法，吃下去拉肚子都算輕微的了……」

長孫岳毅聽見這話就不樂意了。先不論結果如何，為了熬這鍋粥，他可是整整忙活了一個時辰呢！都這麼努力了，還要被嫌，簡直就是自找罪受！

他氣得將勺子丟開，道：「你行的話你來啊！」

凌斐青深吸了口氣，終於閉上嘴，耷拉著腦袋坐了下來。

他這輩子，不僅沒碰過爐灶，就連廚房也是只有在想偷吃東西的時候才會進去。在他的認知裡，食物都是被變上餐桌的。那些青菜五穀，在沒煮熟前，他半個都不認識。但如此丟人的事，怎麼好意思承認呢？

「還是算了吧，撐到晚上再說。」本來，凌斐青是這麼打算的，可無奈，才剛坐下，肚子就突然咕嚕咕嚕猛叫起來。

「不行！」

練劍練了大半天，他早就餓得五內發慌，乾脆把心一橫，丟下對方拔腳就走。

「喂！你上哪兒去？」長孫岳毅在後面叫道。

凌斐青頭也不回，怒吼一句：「回家！」

從古至今，只聽說過弟子孝敬師父，還從沒聽說過有師父伺候徒弟的。長孫岳毅望著凌斐青毅然離去的背影，長歎口氣，覺得自己這個師父當得實在窩囊。

但一想到唐漪雲的手藝，又忍不住起身追了上去。

一別數日，踏進家門，看見潔淨的青玉案，寬敞的廳堂，牆上掛滿了字畫，凌斐青覺得世界真是美好。更美好的是，他還聞到了梅花湯餅的味道。

所謂的「梅花湯餅」，正是把綠萼白梅和檀香水末揉進麵粉，製成餛飩皮，再印成一朵朵梅花的形狀，和雞湯一起下鍋燉煮。這是唐漪雲的拿手料理。一到了每年梅花綻放的季節，凌斐青都會纏著母親給他做。

聞著這股味兒，他的魂都要被勾走了，直接往大院裡飛奔。

等到長孫岳毅趕到時，凌斐青已經一個人吃光了大半碗的湯餅。唐漪雲坐在對面，似笑非笑地看著。

「不曉得你們回來，所以這次做得少了。」

凌斐青見母親似乎有意要回廚房，有些不情願地將剩下的幾朵「梅花」舀到長孫岳毅面前的碗裡。

「沒事，我們剛吃過。」

栩栩如生的梅花漂浮在勺子裡，白粉相間，幽香鑽鼻。

這麼好的東西，讓長孫岳毅這種連白粥和焦粥都分不清楚的傢伙給囫圇下肚，在凌斐青眼裡，簡直是糟蹋了。

然而，正當他在心中為美食默哀時，腦際卻突然閃過一幅熟悉的畫面。

難不成……！

心念拐處，他整個人向上彈起，連椅凳都弄翻了。

「怎麼，這樣就吃飽了啊？」唐漪雲問。

凌斐青沒有回答，下一刻便如陣風一般捲了出去，留下兩個一臉茫然的大人。

凌斐青做事很少冒冒失失的，但此刻，他心中卻有股很不好的預感。

回到師徒倆一早練功的竹林，將長孫岳毅掛在樹叉上的外衣拿起來抖一抖。果然，抖沒兩下，一把鑰匙從內袋裡掉了出來。

表面的紋路雖已磨損，但確是梅花無疑。難怪，剛剛他看見碗中漂浮的梅花湯餅，會把兩者想到一塊去。

但這不是重點。重要的是，他終於想起自己是在哪裡見過與這一模一樣的紋飾了。是日傍晚，眾人皆在偏廳用膳，凌斐青一個人偷偷溜進了快雪塢北側的聽雪樓。這裡是他父母起居的地方，除了臥室外，還有一間獨立的繡房，拿來存放一些唐漪雲的首飾、玩意。

凌斐青在曲廊的轉角處撞見一名路過的小鬟。素日裡，他總愛跟家裡的丫頭們調笑玩鬧，一點大少爺的架子也沒有。可這回卻是臉色黑沉，眼神肅殺。小鬟被他的目光掃到，不由打了個寒噤。

「看好門，不准任何人進來，聽見沒！」

他丟下這句話，轉身踏入繡房。

唐漪雲擅長丹青，時常繪畫自娛，還繪了四扇屏風放在房間的入口。她的筆下沒有太多屬於閨閣的旖旎婉約，反而充滿了大家風範。畫的右首還題了幾行詩：「數萼初含雪，孤標畫本難。香中別有韻，清極不知寒。*」

凌斐青對快雪塢的每個角落都很熟悉，這架屏風也是從小看到大的。但不知為何，今日一瞥，卻感覺異常陌生。

他轉到壁櫥後方，從底層拉出一只木箱。這裡頭收納的全是他小時候的東西，像是肚兜、小鞋、木馬之類的。一整箱的兒時回憶，唐漪雲全都保存得好好的。

這堆玩意當中有一條鍊子，底端繫著一道銀鎖。用不著打開，光是看上頭雋刻的梅花紋樣就知道——和他手中那把鑰匙正是一對兒。

望著這一幕，凌斐青人生中頭一次體會到什麼叫晴天霹靂。

此物他太熟悉了。

＊ 崔道融的《梅花》。

原來，當年他出生時尚不足月，唐漪雲為了祈求兒子能夠平安長大，時常到廟裡祭拜，還特地花錢請人打了這副「長命鎖」，讓他隨身佩帶，直到六、七歲時才拿下來。

但這東西打從他出生起就沒離開過快雪塢，另一半如何會落在師父手裡？

想到這，凌斐青心頭的疑雲一下膨脹起來，甚至還加上了電閃和雷鳴，轟隆隆地響徹天際。

恍惚間，他靠牆坐了下來。

「別胡思亂想。」他告訴自己。可腦袋裡的聲音越是鎮定，他就越是控制不住自己的身體。等到發現時，已經飛奔到了長孫岳毅的茅屋門口。

「碰」一聲，他直接提腳把門給踹飛。

「長孫岳毅，給我滾出來！」

長孫岳毅此刻正在屋內東翻西找，瞧見凌斐青殺氣騰騰地站在那，不禁心頭火起。可正想叫囂回去，卻突然噎住了。

只見對方手裡拎著一把銀鑰匙，在自己面前晃呀晃的。

「你個王八蛋！居然敢偷我阿娘的東西！」

凌斐青氣壞了。他向前幾步揪起對方的衣領，怒道：「為什麼接近這個家？為什麼教我武功？你到底是何居心，快說啊！」

但長孫岳毅什麼話也沒說。四目相接，面具後的臉彷彿僵成了石像。就連周遭的空氣也凝住了，只剩下兩人急促不穩的呼吸，在狹小的空間內相互纏繞。

長孫岳毅內心難受極了，恍若置身冰炭。

他闖蕩江湖多年，俠名滿天下，自認一生光明磊落，事無不可對人言。可唯有面對凌斐青，他無法說出實情。

此事牽扯到他和唐漪雲多年前的約定——在凌斐青成年之前，誰都不可以把這孩子的真實身分告訴他。

唐漪雲是豪門大戶的千金，他是放浪江湖的遊俠。兩人的感情就像盛開的夏花一樣，遠看著美好，卻註定凋萎。如此簡單的道理，就連長孫岳毅這種大字不識一籮筐的人都明白。

因此，當年對方告訴他，自己決定嫁給遠方另一個有財有勢的男人時，他什麼也沒說。即使知道對方已懷有身孕，也同樣閉口不言。

他心想：「或許，像自己這樣的人，天生就不適合當父親吧……因為他給不起。」

在他心目中，天底下再沒有比自己更無用的人了，就連兄長被殺都無能為力，只能將自己放逐到荒野深處，靠著不停的練功來痲痹內心的痛苦。

這種渾渾噩噩的日子持續了很久一段時間，久到長孫岳毅以為，自己的餘生都只能和酒作伴了。

可沒想到，當日在幽鬼沼澤，這個星月般耀眼的少年卻闖進了他的生命當中。早已丟失的東西，居然又奇蹟似地回到了身邊——那一刻，長孫岳毅簡直無法相信自己的眼睛。

因此，當唐漪雲開口邀請他留在快雪塢教導凌斐青武功時，他明知這麼做不妥，卻仍無法拒絕。

現在也是一樣。在憤怒的兒子面前，他覺得自己彷彿已經老了，就連氣勢都遜人一截。

「把面具摘下來。」只聽凌斐青冷冷道。「否則從此以後……你我永不相見。」

他說這話時的神態和他母親如出一徹，長孫岳毅根本招架不住。

他覺得自己的一顆心彷彿被挖了出來，放在沸水裡來回川燙。血淋淋的創口和懦弱的一面全都暴露無遺。

「青兒……」

「同樣的話，我絕不說第二遍。你自己想清楚了。」

少年的聲音幽森得可怕。

長孫岳毅猶豫了片刻，終於伸手將鐵面具給摘了下來。

「青兒已經不是小孩子了。」他拼命說服自己。「男子漢大丈夫，沒什麼承受不了的。」

可惜，他很快就發現自己錯了。

說實話，凌斐青本來還在期待對方可以痛罵自己一頓，說東西是撿來的，他什麼也不知道——就算是強詞奪理也好啊！然而，在他瞧見對方真面目的瞬間，所有的想像都灰飛煙滅。他感覺自己的世界徹底崩塌了。

做母親的人，直覺往往都很準。

凌斐青回到偏廳後，唐漪雲只看了他一眼，便知道事情不對勁。但她並沒有點破。這個兒子有多精明，多難對付，她心裡最清楚。若是當著眾人的面發作也就算了，可這回，對方卻將情緒掩藏得很好，甚至給她一種「真的長大了」的感覺。

正因如此，她才知道事情嚴重了。

就在凌斐青把飯扒光，正準備放下碗筷時，她指著桌上的一筐柑橘，道：「青兒，你把這個拿去東院給你師父。」

長孫岳毅最喜歡吃柑橘了，此事眾人皆知，何況那才不過一小筐而已。但唐漪雲一開口，凌斐青就沉不住氣了。他到底年紀還小，一朝逢變，心中各種念頭橫衝直撞，激得他差點嘔出血來。

「不過是個外人。憑什麼我們家的東西都要分給他？」他惱道。「就算放著不管，他一個人也不會餓死。」

「你倆又吵架啦？」全家吃東西動作最慢，最愛挑食的凌熙開口調侃，結果被她娘瞪了一眼：「吃妳的飯。」

旁邊的凌丹放下筷，輕輕歎了口氣。

「青兒，聽你娘的。」

要是這話是從別人口裡說出來的，那倒還無所謂。可偏偏是他。

凌斐青登時怔住了。他轉過頭去看父親，眼底暗潮洶湧，充滿了不可置信，甚至還有一點委屈。

下一刻，他霍地站起，在眾人一頭霧水的目光下擰頭走了出去。

凌斐青出了家門，腳步越來越快，最終撒腿狂奔起來。

他從小到大過得順風順水，還不曉得世上有種滋味叫「背叛」。他唯一知道的是，自己的心正在一點點地落入深淵。

他在一株七尺高的大樹前停下，掄起劍，對著樹幹就是一陣亂砍。他把劍當刀使，疾風驟雨的攻擊在樹的表皮留下一道道怵目驚心的創痕。最後一劍更是將老樹的軀幹從中生生劈開。

做到這個地步，猶不解恨，還想繼續動手。可就在此時，後方突然傳來一聲微弱的聲音：「凌大哥，你別砍了……」

三娘真的被嚇到了。

在她的印象中，凌斐青永遠是那個風流瀟灑，倜儻不羈的少年。無論遇見什麼困難，都能輕鬆化解，一笑起來，周圍的空氣都跟著融化成糖……她從沒見過對方這個模樣——全身顫抖，眼神發赤，彷彿眼前的樹跟他有著不共戴天之仇似的。

「住手，別再砍了！」她又說了一次。這次的音量比上回大了些。

凌斐青終於放下手中的劍，回過頭來。

「妳在這裡做什麼？」

「我……」三娘緊張地咽了口唾沫。「我就是不放心，來看看你。」

「回去。」

凌斐青佇立在斑駁的樹幹前，面無表情。但三娘巍然不動。

「凌大哥，就算你心裡苦，也不能這樣子為難自己啊！」

凌斐青沒有回答。他想起之前，祖母對自己說過的話：「家裡頭的這些瑣事，用不著你操心。你向來不喜歡受人拘束，阿婆只希望你這輩子自由開心就好了。」

難道說，對方早就知道自己不是凌家的孩子？這件事，除了母親外，到底還有多少人知道？難不成從頭到尾，就只有自己被蒙在鼓裡？

此外，他還想起，上回和李光比武切磋時，對方曾脫口道：「要是我和你一樣，有阿爺、姥姥撐腰，還有厲害的師父指導，我一定不會輸的！」

雖然當時他完全沒放在心上，但也聽得出，此話充滿了嫉妒。

凌芝姑姑出嫁不久，丈夫就過世了。因此，李家姐弟從小就沒有父親照顧。雖說搬回雲灣村，一家子熱熱鬧鬧的，但再多的關懷也只能彌補，無法替代。那種有所缺失的感覺，是凌斐青這輩子不曾體會過的。

然而，現在不一樣了。

他一想到父親，想到從小到大，快雪塢的長輩們給予自己的包容和溺愛，就痛苦到想用頭去撞樹。

「該死！」他一邊呻吟，一邊用力耨住自己的頭髮。

三娘見他如此備受煎熬，心頭也有血在滴淌。

「我求你冷靜一點！」她說著，向前邁進一步。

凌斐青轉身與她相對，眸光深處似有火在燒：「妳什麼都不知道，就想叫我冷靜？」

兩人距離很近，凌斐青的左手砸在後方的樹幹上，渾身散發凜冽的氣息。

下一刻，三娘不發一語，一掌狠狠甩了過去。

好一道清亮的音色！這已經是她第二次搧他耳光了。凌斐青怔住了，整個人陷入恍惚。

只聽面前的少女道：「我是不懂！但如果你是那種會因為遭受打擊就一蹶不振的人，那麼我就真的看錯你了！」

說完，她伸出雙手，用力抱緊對方。

「凌大哥，我這條命是你撿回來的。我本來已經一無所有，是你救了我，給了我一個家，給了我活下去的勇氣。這一切，三娘永遠銘記在心。所以……如果你一定要找個人發洩，那就請打我吧！」

她所說的每個字都盈滿了溫柔。聽到這番告白，凌斐青彷彿全身的力氣都被抽光了。

隨著心防塌陷，他手中長劍「咣當」落地，眼淚也終於掉了下來。

他將頭埋在三娘的懷裡，雙肩聳動，哭得像個迷路的孩子。

然而，凡事並不是哭一哭就能獲得解套。人生中有些溝坎，一旦跨過去，就再也回不到從前了。

從摘下面具的那一刻起，長孫岳毅便明白——快雪塢自己是待不下去了。只是，畢竟父子間發生了那麼難堪的事情，總該坐下來好好談一談，給彼此一個交代。如果就這樣不辭而別，這道疤，足以讓他難受一輩子。

但凌斐青並沒有給他這個機會。從事發日算起，至今已經過了整整半月了。長孫岳毅天天守在院子外頭，可對方就是不肯出來見他。

「這不怪孩子。」他試圖安慰自己。「畢竟，有這麼一個潦倒又粗鄙的親爹，絕不是什麼長臉的事。」

全家人除了唐漪雲之外，都不曉得他們師徒倆這是在演哪齣。但畢竟都吵吵嚷嚷一年多了，許多事早已見怪不怪。

唐漪雲那頭也沒打算捅破這層窗糊紙。她知道此時去向兒子解釋，對方根本聽不進去，得等過了風口浪尖才好開口。

為此，她還特別找長孫岳毅深談過一次。

在長孫岳毅眼中，這位凌夫人和凌斐青一樣，都是令他特別頭疼的類型。尤其唐漪雲身上那股殺伐果決的氣質，比少女時期更加深沉了。只是，處在同個屋簷下，他連躲的機會都沒有。

透過這次的談話，他也終於得知，原來早在凌斐青出生前，凌家人就已經獲悉他的身世了。可這個真相只有令他更加羞愧，恨不得挖個洞把自己埋進去。

這種磨人的日子，一直持續到某天，一張青色書皮的信出現在了快雪塢。

當時，長孫岳毅正抱著酒壺坐在台階上打盹，忽然感覺有人在搖晃他的肩膀。

「叔叔！你醒醒啊！」

睜開眼，看見一個不知是關風還是關月的小孩站在面前。

「你叫我什麼？」他迷迷糊糊問。

「長孫叔叔！」少年很乖巧，又說了一遍。「阿娘教我這樣喊的。」

果然還是別人家的孩子好啊！這一刻，長孫岳毅真想撲上去給少年一個擁抱。

過去這一個月，他無心打理門面，頭髮又再次回到了從前那種野蠻生長的狀態，下巴布滿青色的胡茬，看上去確實糟透了，就連關風遞來的眼神也透露出同情。

「這是給你的。」他說。

「給我？」長孫岳毅望著對方手裡的信封，疑心大起。

像他這種不識字又避世隱居的人，誰會寫信給他啊？

「剛剛我在外頭和大夥兒擊蹓，是一個帶著面具的人讓我交給你的。」

「戴著面具？」

「是啊，就和你一樣。難道他不是你朋友？」

長孫岳毅不知該如何接話了，心想：「算了，先拆開來看看再說。」

「你等一下，」他拉住關風。「替我唸一唸上頭寫什麼。」

「哦。」

但長孫岳毅才剛撕開信封，裡頭卻突然竄出一縷青煙，朝他直撲過來。

「危險！」

關風見狀，還一臉好奇地湊近。長孫岳毅趕忙抓起他的後領，跟拎小雞一樣向後縱開。

隨著青煙沖起，整個信封化作一團藍色的火焰，發出陣陣惡臭，直到燒成一堆紙灰。

長孫岳毅走到餘燼旁邊，彎下身去打量：「是符咒！」

所謂「符咒」指的是江湖上除妖師拿來作法，對付妖怪的武器。然而，雖說目的是為了降妖除魔、治病除災，有時也會被心懷不軌的人利用，拿去做一些見不得人的勾當。比如現在這種情形。

長孫岳毅望著腳邊燒得面目全非的符籙，臉色劇變，脫口而出三個字：「鳳血樓！」

「那是什麼啊？」關風好奇。

長孫岳毅驚了一跳。他已經完全忘記這小子還在旁邊了。

「喂，你別把這件事告訴別人。」他叮囑對方。

「為什麼？」

長孫岳毅使勁地絞了絞腦汁，最後好不容易編出了一道理由：「……因為我欠了錢，不打算還。」

這回，輪到關風無言以對了。

「放心，我不會說的。」他隨口敷衍道。

然而，長孫岳毅畢竟太過大意了。他瞧這孩子看上去乖巧安靜，全不似凌斐青那樣飛揚跳脫，還以為萬事無憂了。

殊不知，他一個轉身，背影才剛消失在快雪塢的外牆後頭，對方立刻撒開腳丫子，屁顛屁顛地去找兄長告狀了。

此時的凌斐青正在暖閣和父親弈棋。見到關風突然出現，也沒有抬頭。

「哥！」

「嗯？」

「你師父走了。」

「哦。」

「我見他款了包袱，這回像是真的走了。」

「走了就走了唄。」

凌斐青連眼皮也沒眨，心裡卻不禁「喀噔」一下。

說實話，他已經不想再聽到關於那個人的任何消息了。

他拈起一子，思了半晌後放在棋秤上。

「阿爺，該你了。」

「青兒，這樣真的好嗎？」

「這樣下準沒錯，您等著看吧。」

凌丹歎口氣：「我指的是你師父……」

「是他自己要走的，又不是我逼他走的。」

「可再怎麼說，你們師徒一場，於情於理都該去送一送人家呀。」

「他就是不想見到我們，才會不辭而別啊。」凌斐青的語氣含了一分強硬。「況且，就算我這會兒去追，估計也追不上了。」

「你這孩子……」凌丹苦笑。「若論牙尖嘴利，誰也比不過你。但很多事情，不能只是為了爭一口氣，得把目光放長遠些。」

說完，走一步棋，順手提了對方七個子：「該你了。」

這下子，凌斐青又陷入了糾結。

他盯著眼前的棋秤，琢磨了半天，直到關風離開後，才又開口，冷不防冒出一句：「阿爺，您難道就不在意嗎？」

「在意什麼？」

「在意……我是誰。」凌斐青臉色慘白，羞愧地低下頭去。

這問題已經在他心中憋了很長一段時間。如今，聽到長孫岳毅離開的消息，終於忍不住脫口而出。

他了解坐在對面的父親是個什麼樣的人，就好像父親也了解他一樣。十多年來培養出的默契，讓他確信對方不會一怒之下把桌子給掀了。

凌丹比長孫岳毅聰明百倍。跟聰明人說話就是方便。

果然，對方的反應十分冷靜。

「你的名字當初是我取的。」他說道。「所謂：『有斐君子，如金如錫，如圭如璧*』。因為我見你出生時，就生著一副伶俐相，令人一眼難忘。」

凌丹緩緩看向對面的凌斐青，深邃的眸中有淺光在流轉。

「你雖非我親生，可我從未懷疑過，你就是我兒子。或許，這就是人們常說的久別重逢吧。」

凌斐青萬沒想到，事到如今，對方居然還可以微笑著說出這樣的話。

＊出自《詩經》〈衛風．淇奥〉。

他既慚愧又感動，胸口彷彿有針刺痛，不由得熱淚盈眶。

其實，這首詩講述的君子不是他，而是父親自己啊！這點，他再清楚不過了！

另外，若他能早些知道父親的想法，這段時間，也不至於將長孫岳毅冷落到如此地步了。

但眼下卻不是後悔的時候。

「青兒，千古無同局，每個人都得選擇自己的路。」凌丹正色道。「而這最後的結果，也只能由你自己承擔。」

凌斐青點頭。

「既然想清楚了，就別猶豫。等你回來，咱們父子倆再一較高下。」

凌斐青又一次點頭。

他長身而起，用袖子抹去眼角淚光：「我去看一眼……一眼就行了。」

長孫岳毅的茅廬還是平時那副凌亂的樣子。他本來擁有的東西就很少，自然是什麼也沒帶走。被窩是冷的，柴門之前被凌斐青踢穿一個大洞，那殘骸至今仍躺在地上，就好像從沒有人回來過一樣。

唯有一個地方變了。

凌斐青走到矮几旁，拾起那把印著梅花紋的銀鑰匙。

直到看見此物，他才真正意識到——熟悉的那個人不會再回來了。

他臉色變了變，將鑰匙的細繩繫在脖子上，出了門，徑直往跨院奔去。

「關風！」

雙胞胎此刻正在池中水榭和四郎玩耍。凌斐青足尖點動，如鷗鷺般從水面急掠而過，落在兩人身前。

「我師父離開後，往哪個方向去，你可看清楚了？」

闞風略想了一下：「應該是往東去了。」

他將先前目睹的一切，包括長孫岳毅看見符咒時的反應，以及他的那句「鳳血樓」全都一五一十地告訴對方。

聽到後面，凌斐青急得手心都出汗了。

「這種事你怎麼不早說？」

闞風委屈地癟起嘴：「你沒給我機會說下去啊……」

「好好好……」凌斐青見狀，連忙道歉。「是哥錯了。我這次出門，定給你們捎好東西回來。」

凌斐青口中的好東西，那肯定是好東西。雙胞胎互望一眼，面露喜色。

「放心去吧，哥。此事，我們保證絕不會跟第四個人說。」

第陸章

血海

凌斐青從來沒有離家這麼遠過。

翻山越嶺，出了郡縣，來到岳陽城，街上處處可見陌生的面孔和新鮮的店鋪。就算他急著趕路，也不禁被這幅景色給勾了魂去。

他轉悠了一陣，最後在深巷裡，一所別緻的小院前停下腳步。

小軒窗，綺羅閣，加上裡頭飄出嫋嫋的胭脂水粉味兒，以凌斐青的性格，他能不知道這是什麼地方嗎？

但畢竟是偏遠山村來的鄉巴佬，所謂的「青樓」，他只在詩中讀過，這輩子還是頭一回見識。

想也不想，直接上前叩門。須臾，窄小的門扉扒開一條縫，隱約可見裡頭站著一個女子。

「這個時辰，是誰啊？」

女子聲調慵懶，夾帶著陌生的口音鑽進凌斐青的耳蝸，令他渾身酥麻。

但畢竟此刻親爹有難，他這個做兒子的再不孝，也不至於把正事拋到腦後。

他輕輕一咳，盡可能裝出一副沉穩的模樣，道：「我想打聽個事，不知方不方便？」

門後的女子不耐煩地擰起眉，一副想打發他走的模樣。可緊接著，她的目光落到了凌斐青的臉上。

「咦？」

下一刻，木門完全敞開了。滿身綾羅的女子出現在窄道口，染著蔻丹的手指扶著門框，一雙大眼滴溜溜的在少年身上打轉。

她咂了下嘴：「這可稀罕了……居然是個雛兒！」

此時的凌斐青很安分，眼觀鼻，鼻觀心，怎麼看都像是優良少年典範。

「這位姊姊，妳可聽說過『鳳血樓』？」

可殊不知，他才剛開口，就被對方給截斷了。

對面的女子扭過頭，朝身後吆喝一聲：「呦，從沒見過生得這麼俊的小郎君！大家快來看咯！」

隨著她這聲嬌喝，後院的琴聲突然靜止了，人群瞬間騷動起來。

凌斐青還沒搞清楚是怎麼回事，就被一把拽進門內。

院內假山流水，姹紫嫣紅，姑娘們嘻嘻哈哈將凌斐青圍在中央，有的塞給他食物，有的逮住他問個不停。

今年幾歲了？從哪裡來？是哪家的郎君？喜不喜歡吃桃啊？

凌斐青覺得自己馬上要暈倒了。若換作其他時候，他肯定一個個問題詳實回答。可現在，他不得不克制自己，從頭到尾就這麼一句話：「『鳳血樓』在哪，有人知道嗎？」

旁邊一名手搖香扇的女子蹭了上來，嘴角帶著意味深長的笑。

「咱們這兒是清梨院，不是鳳雪樓。小郎君想來窯子裡找人，也得找對地方才是啊……隨我來。」

說完，伸出手，不由分說就把凌斐青往裡拉。

其他妓女望見這一幕，雖然不樂意，卻也不敢說什麼。就這樣，兩人消失在參差的假山後。

然而，凌斐青並沒有被引入女子的香閨，而是被帶到了花園盡頭的角門。

這裡位於花架後方，位置隱密，不會被旁人看見。

女子放開凌斐青，進而收起笑容，美目微睨：「你一個孩子，到處打聽鳳血樓的事，不要命了嗎？」

「這麼說，妳知道鳳血樓在哪？」凌斐青聽得神色一凜，女子卻皺起眉：「你到底有沒有在聽人說話啊？」

「晚輩有急事在身，還望姊姊指點迷津。」

女子瞥了眼對方腰間的長劍：「你是江湖人？師承何派？」

「我……」凌斐青答不上來，只好胡言編造一通。「恩師源自草莽，身如野鶴，向來不願將姓名示於人前，請見諒。」

武林中，俠客豪強之間相互挑戰，為的就是爭個名頭。那些一心想往上爬的，往往四處宣揚，反之，不願報上名字的，卻幾乎都是頂尖高手。

「架子真夠大的啊。」女子挑了挑眉，「難怪連鳳血樓都不放在眼裡。」話停在這，冷笑一聲：「鳳血樓主赫滿天武功奇絕，手下有三員大將，分別號『螣蛇』、『飛廉』、『鬼車』。據說，這三人不僅神出鬼沒，還善用陣法。無論是誰，一旦進入他們的大本營，都是有去無還。」

她從懷裡掏出一顆巴掌大的暗色圓石。

「這是夜明珠。今晚亥時，你拿著它到江口等著，自然就會明白我的意思。」

凌斐青眼神微閃，伸手接過。

「妳為何幫我？」

「你我素昧平生，又怎能斷定我這是在幫你？」女子冷笑。「江湖凶險，人心更是難防，還是別隨便信人為好。」

「那得看是誰了。」凌斐青笑吟吟道。「就算我武功天下第一，也防不住妳啊。」

剛才說話還正經八百的，這會兒又現出原形了。女子嘴角微搐，正想開口教訓小毛頭，卻不料被對方搶了先。

只見凌斐青眼珠子一轉，道：「想必是那個什麼鳳血樓主造孽過多，引得民心怨憤，這才使得眾人皆視他為敵，欲除之而後快。像這樣的人遲早會栽跟頭的，沒想到卻讓我撿了便宜。」

「你難道就不怕？」女子問他。

「不登高山，不顯平地，我這次來，就是想跟他們一較高低。何況，有劍在手，天下間還有什麼可怕的？」

他把話說得極滿，那女子聽了不禁神色一震。

「好，我等你的消息。」

凌斐青察言觀色，琢磨著對方雖然屈居煙花之地，想必也不是個簡單的人物。

他拱手抱拳，道：「在下感激不盡，若能留下姊姊芳名，來日必將報答。」

女子秀眉一揚：「聽好了，我姓樊，名漱玉。你若能活著回來，儘管來找我。」

都說初生之犢不畏虎，凌斐青更是所有「犢」中最膽大包天的那一頭。當天夜裡，暮鼓響過，他果然孤身一人來到江邊等候。

此處北倚長江，西接洞庭，景色浩浩湯湯，入夜後卻是燈火寥寥。除了岸邊一排水寨之外，連艘漁船的影子都沒見到。

凌斐青望著那片用木柵圍起來的吊腳樓，心中大感鄙夷：「鳳血樓這名字取得氣派，可說穿了，也不過是一群草寇而已。」

他循著火光悄悄接近，果然見到前方有持著長槍巡邏的小卒。光看他們那副一臉橫肉、嘻嘻哈哈的樣子，就知道不是什麼好東西。

凌斐青心想：「師父真的在這兒嗎？」

自他離開雲灣村起，這已經是第七天了。期間，他連枕頭都不曾碰過，行到宜昌時，還差點被人坑了。

某個豬腦袋的客店老闆見他衣著光鮮，又是孤身上路，就想把他當成肥羊扣下來。殊不知，偷雞不成蝕把米，自己反被這個「一臉正氣」的小伙子給揍得不成人形，就連糧食也被洗劫一空。

凌大少爺頭一次離開家就幹起了強盜這一行，還幹得理直氣壯，得心應手。此事若被千里之外的唐漪雲知道了，肯定氣得昏倒。

然而，畢竟是第一次出遠門，僅憑著一點線索在茫茫人海中找尋，一路上磕磕絆絆，遊走於虎口狼穴之間，凌斐青表現得一副若無其事的模樣，實則也沒少吃苦頭。甚至，連他自己也不知道，這回豁出一切，到底所求為何？難道就是為了和對方再見上一面，然後心安理得地轉身離開？

而假使真能再見上一面，他又該和對方說什麼？

他腦中時時刻刻想著這個問題，夜不能寐。

在他神遊的這段期間，前方陸續飄來幾名男子交頭接耳的聲音。

凌斐青將思緒拉回，藐起目光，發現原來是兩名小嘍囉正朝著這裡走來。

只聽其中一人道：「就是今晚了吧？樓主要和那個『玉風俠』一決高下！」

另一人冷笑：「有什麼好比的？那個愣頭青到現在還什麼都不知道呢。我們就等著喝慶功酒唄！」

「可畢竟對方是那個曾和塗山掌門、夏家莊主並稱於世的怪傑啊！」

「都是過去的事了……塗山派這一倒，管他是姓夏還是姓長孫，不過都是一窩待宰的蛇鼠罷了！有何可怕？」

兩人嚼舌根嚼得正起勁，絲毫沒有注意到身後的蘆葦叢中，有股殺氣正在迅速逼近。

等到發現時，已然太遲。冷不防，一把軟劍竄出，劍鋒如流星劃月，直接削斷了其中一名男子的喉結。動作又狠又準，幾乎可以用賞心悅目來形容。

一道血箭「咻」地射向天空。那名死者的同伴嚇得魂飛魄散，轉身就逃。但才跨出兩步就被攔下了。

男子甩出索子槍應戰，卻發現眼前的敵人居然是個年僅十四、五歲的少年！

月光下，少年一身青衣，手握銀劍，毫無瑕疵的臉上籠罩著一片嚴霜，對於自己剛才殺了人這件事似乎毫不在意，眼角眉梢甚至流露出鄙夷之色。

男人忍不住打了個寒噤。

直覺告訴他——這個小孩，非常危險！

凌斐青也正打量著眼前這個面如土色的水匪。下一刻，他劍眉猝揚，横腳岔出，將對方踹倒在地。

「你剛才說，你們老大今晚要和人對決，對方現在人在何處？」

「凹嗚！」男子哼唧了兩聲，想要爬起，卻被凌斐青用腳尖踩了回去。

「——說不說？」

「我說……我說！小俠饒命啊！」

那人嘴一歪，吐出兩顆帶血的牙齒，含混不清道：「就關在……關在西面數來第二個營寨裡。」

「哼！你若是敢騙我……」

「萬萬不敢！那裡有間馬廄……您沿著這條正路一直走，接著向左拐就是了……」

凌斐青將長孫岳毅的所在位置詳細打聽清楚，這才用劍鞘將對方打暈過去。

他將一死一活兩名水匪拖進草叢中，朝西邊繼續前進。

不知為何，他心臟突然跳得很快。

一年多前，他在幽鬼沼澤中首次嚐到殺人的滋味，那種恐怖的感覺至今仍記憶猶新。可現在的他出手乾脆俐落，心海已經沒有太多波瀾了。他唯一在意的是，何時才能見到那個心心念念的人。

而此時，在離岸邊不遠的空蕩馬廄裡，長孫岳毅矯首天際，望著月亮在雲間嬉戲，一下子現身，一下子又消失無影，留下鉛雲籠罩大地。

他身上沒有傷，也沒有被綁，種種跡象都表明，是他自己願意待在這的。旁邊甚至還有用乾草鋪成的床，以及幾塊乾饅頭，比他平時住的地方都來得乾淨。

但長孫岳毅只顧著仰望天空。

他心想：「眼下，快雪塢的大夥兒應該正圍在飯桌旁，享用著豐盛的晚餐吧。」

這個想法令他感到胸口暖洋洋的，宛如凜冬裡的一盆炭火。

他發現，過去的這一年，不僅凌斐青變了，就連他自己也變了。

在看見鳳血樓那張符咒的當下，他就已經作出決斷——自己這次不會再逃避了，就算明知前方是陷阱，也要來闖他一闖！

敵人顯然是得知了他住在快雪塢的消息，並想以此做為威脅。他已經嚐過一次失去親人的滋味了，絕不允許那些骯髒的手碰他兒子一根寒毛！

無論過去曾犯下多大的錯誤，他也想當一個帥氣的父親啊！哪怕一次也好！就像凌丹說的：和大海一樣寬廣，頂天立地，容納百川。

想到這，長孫岳毅——這個年過四旬，歷盡滄桑的男人，拾起地上的餿饅頭，蹲在簡陋的牢房裡，一邊吃著，一邊滿足地傻笑起來。

話說回來，赫滿天此人，雖然在黑道中有點名氣，還自稱什麼鳳血樓主，但畢竟是他從前的手下敗將。像這樣的人遍布天下，只要不挾持人質，不玩什麼陰損的花招，又有什麼可怕的？

凌斐青頭一次出來走江湖，畢竟還是經驗不足。他雖然輕鬆解決了兩人，但引起的騷動已經驚動附近的崗哨了。

只見曲折的木棧道上，兩排火把燃起，照亮了周遭的水面。

既然行蹤暴露了，那就只剩下硬闖一途了。凌斐青心念飛轉，撒腿狂奔。

他發現樊漱玉送他的那顆夜明珠實在好用得很，拿出來時光華熠熠，籠進袖裡又不露痕跡，最適合暗夜行兇了。

他足下輕蹬巧縱，飛過節次鱗比的屋舍，落在一座天井之中。然而，眼看馬廄就在不遠處了，一旁的屋子忽然門戶大敞，裡頭衝出十幾名持刀漢子，頃刻間便將他團團包圍。

同時，樓頂傳來一聲喝斥：「哪來的黃口小兒！竟敢上鳳血樓放肆，活得不耐煩了！」

凌斐青眸光輕閃，冷笑道：「這種破爛地方，誰稀罕來了？我家的貓住的都比這兒好。」話音剛落，快劍穿出，正是薤風劍中的一招「風鳴」。

劍氣帶著高亢的嗡吟，分別噬向三名敵人。

剩下的人一擁而上，凌斐青也不懼。他將薤風劍施展開來，身周就彷彿多出了一圈護體罡風，被掃到的強盜一個個向後倒，從木棧道跌入水中——「噗通」、「噗通」，就跟下餃子一樣。

樓上的首領瞧見這一幕，霎時色變。他本來不屑與小輩動手，這下也不得不出馬了。

下一刻，他凌空一道疾翻，從懷裡抽出鶴嘴鐮，居高臨下地朝凌斐青勾來。

凌斐青踢開一名礙事的嘍囉，向後斜仰，身子幾乎折成了一半，這才堪堪避過對方的攻擊。

他感覺自己好像死了一遍，連忙提氣縱開兩步。

「操……別擋路！」

凌斐青平時從不爆粗口，尤其是在女孩子面前。但他自覺跟眼前這群五大三粗的漢子沒共同語言，就連問人家的名字都懶。

倒是那位使鶴嘴鐮的男子很熱心，自己報上了萬兒。

「在下鳳血樓舵主陳留棟，閣下是誰？」

可惜，他此問根本是自取其辱，只聽凌斐青冷笑：「自個兒去問閻王爺吧！」

接著，提起腳邊一名昏死的水匪，往敵人刀尖上送。

這個陳留棟也不是什麼光明磊落的英雄，但他確實沒料到這少年會如此刁鑽狡猾。而就在他視線被擋住的剎那，凌斐青的劍動了。

之字形的劍光斬出，直接將對方小腿骨齊刷刷地切斷。好好一個鳳血樓舵主，就這樣一命歸西了。

鮮血順著血槽流下，染透了凌斐青的前襟。

他眨去眼前的血光，繼續朝前飛奔。

就在此時，湖心的方向突然飄來一陣幽幽渺渺的鈴聲，在夜風中詭異起伏。凌斐青抬頭一望，不禁兩眼發直，愣在原地。

只見寬廣的湖面上緩緩駛來一艘金光燦爛的巨大樓船。船上建築共計三層，燈火通明，亮如白晝，血紅色的掛幡迎風招展，赫然印著「鳳血樓」三個大字。

原來，這才是鳳血樓的真面目！

眼看大船靠岸，大批紅衣人奔上棧道，像紅潮一般朝這湧來，凌斐青暗自咬了咬牙。

他很清楚，光憑自己手中這把打磨一年，五分熟度的薙風劍，要以一敵百，根本就是癡人說夢。想到這，腦中不禁又浮現長孫岳毅傳授自己的江湖鐵則中的第二條：「遇見打不過的敵人，保命為先，不可一味逞能。」

這一刻，他多麼希望師父能突然出現，罵他兩句啊！

心念拐處，他調整呼吸，扣緊劍柄，如箭矢般從藏身之隙射了出去，膽敢攔路的水匪全都被他刺成了漏風的皮球。砍到後來，凌斐青甚至覺得自己開竅了。

武行中有句話，叫做「一步一重天」。果真，許多先前跨不過的關卡都在這陣廝殺中一一衝破了。凌斐青的軟劍使得越來越順手，輕靈中還帶著雄渾的蒼勁，還真有幾分「望風披靡」的樣子了。

然而，一番惡鬥後，他本人亦是氣喘吁吁。好不容易沖殺到馬廄門口，推開門一看，卻發現裡頭空空蕩蕩，連個人影都沒有。

瞧見這幅景象，凌斐青緊繃到極致的神經瞬間斷裂。憤怒、失落、害怕——種種情緒交雜著激上心頭，幾乎將他給壓垮。

「可惡！」

隨著眼眶一陣激熱，他忍不住狠狠踢在旁邊的木頭椅子上。

但事情並非到此就結束了。

在他鬆懈之際，鳳血樓的人已經從兩側甬道圍追堵截而至。

凌斐青無處可逃，雙足連點，飛身上了屋脊。這樣一來，視野陡然變得開闊起來。他從高處遠眺江面，但見通往那艘金漆大船的棧道上佇立著一道熟悉的偉岸背影。

他胸口猛地一突，正想追上去，左右邊卻忽然飛出兩張大網，朝他兜頭罩落。

凌斐青還真沒見識過這種陣仗。一個疏神，從瓦上滾了下來。

那飛網黏稠如絲，一旦沾上就難以脫身，再加上四個角落分別殺來的紅衣幫眾，也不知翻弄的是什麼步法，若非凌斐青運氣極好，正好掉進了吊腳樓之間的空隙，可能就沒有後話了。

著地的瞬間，他感覺左膝傳來一陣劇痲，慌亂中，一劍遞出，卻被敵人給擋了回來。

只見對面的漢子手持大刀，眼神裡滿是輕蔑。

「小面首，膽兒挺肥的啊！不好好待在閨房裡繡花，是當江湖上的人全死光了嗎？」

凌斐青怒了：「呸！你才愛繡花呢！」

刀劍相交，凌斐青踉蹌半步，喉中湧現腥味。

原來，眼前的這個長身男人正是樊漱玉和他提過的鳳血樓三大將之一，人稱「飛廉」的張寅飛。

張寅飛劈手一刀往淩斐青正面砍去，宛如螳螂捕蟬一般。

淩斐青倒點足尖，暗自運起一口真氣伏於丹田。

長孫岳毅曾教過他，遇到硬功橫練的對手時，絕不可與之正面交鋒。

張寅飛在幫中地位顯然非同一般。周圍的紅衣人見到他，不再一擁而上，而是紛紛後退，讓出路來。

這下，正好給了淩斐青一個夾縫求存的機會。

只見他一個躡步，避開敵人的刀鋒，緊接著，劍尖迴轉削出，如天雷翻滾，吟嘯不絕。

這道「雲藏」乃是薙風劍法中的一記巧招，在此之前，他曾反覆苦思，卻始終不得要領，直到此刻，被敵人的大刀逼得走投無路，生死全在呼吸之間，才有了這記絕妙的反擊！

劍鋒忽隱忽現，於一隙間抓住了敵人的破綻，可謂是妙到毫巔！

張寅飛當場血濺三尺。他萬萬沒想到，自己行走江湖二十年，今日竟會敗在一無名少年手下。

他一手按住脅間傷口，怒喝：「小畜生，休想走！」

然而，就在眾人蜂擁圍上之際，凌斐青亮出了暗器。

原來，他離開雲灣村前，特地去了一趟凌堯的草堂。先前，孟希夷曾在茶館裡投放妖毒，後來，那名中毒的男子被凌堯救起，從他身上抽出的毒水則被封存在了藥瓶當中。

凌斐青拔開瓶口的蠟丸，將帶有猛毒的液體灑向周圍的敵人。

不僅功夫厲害、還隨身藏著見血封喉的暗器——這下子，那幫鳳血樓的惡煞終於開始怕了。

隨著第一波人英勇陣亡，後頭的人不再奮勇爭先，而是紛紛拉開距離，用忌憚的眼神看著中央的少年。

然而，陣型一旦出現破口，就再也困不住像凌斐青這樣靈活的對手了。

只見他身形閃幌，如長煙一縷，短短數息間，已消失在黑暗中。

這場混戰，凌斐青看似占盡上風，可實際上，卻是殲敵一萬，自損八千。

尤其眼下，他後背和小腿各挨了一刀，血流不止。他一邊跑，一邊從懷裡摸出凌堯給的藥丸放入嘴裡，只覺得又鹹又苦，難受到令人想哭。

——但無論如何，絕不能停下！

方才那幫飯桶跳出來攪局，已經讓他錯失良機了。如今，他唯有竭盡全力，扯開喉嚨，一口氣朝著船邊那個高大的背影狂奔過去。

「——長孫岳毅！師父！……阿爺！」

然而，太遲了。

就在他即將追上時，對方一個轉身，消失在了船艙內。船隻起錨，毫不留情地往湖心駛去。

凌斐青被遺棄在岸上，霎時內息震盪，一陣天旋地轉。下一刻，他踉蹌跪倒，差點連五臟六腑都嘔吐出來。

鳳血樓正是整個長江流域最華麗的水戰船。置身其中，若非兩舷傳來乘風破浪的聲音，絕難想像自己是在水上漂流。

另外，其奢華程度更令人舌橋不下。進得門來，周圍折射而來的光幾乎要晃瞎人的眼睛，好像恨不得把「老子有錢」四個字刻在腦門上。

長孫岳毅一上船便被帶往最頂層的爵廳，那裡正是樓主赫滿天坐鎮之地。

赫滿天約莫四十來歲，生得一副福氣相。見到長孫岳毅，開口第一句話便是：「怎麼，你還帶著那副面具啊？」

長孫岳毅苦笑了一下：「讓老弟見笑了。」

赫滿天倚在象牙靠塌上，皮笑肉不笑地盯著長孫岳毅。

「這麼多年過去了，沒想到長孫兄還肯賞臉前來小坐，實在是蓬華生輝。」他指了指自己的右腿。「這條腿當年差點因你而廢，如今到了秋冬兩季還會發癢，塗上藥後更是滿室臭不可聞……」說到這，雙掌搓在一起，鼻間冷冷一哼。「你說，這個仇嘛……到底該算在你頭上，還是你兒子的頭上？」

長孫岳毅眸子裡精光一收，身子未動，可昂藏九尺的身軀卻好像又拔高了，往廳央一站，整個房間都籠罩在他的煞氣之下。

「老子還沒死呢！有什麼事，儘管衝著我來！什麼兒子、孫子的，根本就是……一派胡言！」

但他畢竟天性不善說謊，急怒之下，講到後面不禁結巴起來。

赫滿天見狀，嘴角彎起一道猙獰的弧。

「你也算藏得很好。可偏偏……你的這塊心頭肉長得和你年輕時一模一樣，瞞得住別人，卻瞞不住我們這些舊人。」

話音未落，身影離地一晃，猝出右掌，朝長孫岳毅中盤襲來。長孫岳毅這頭也早有防範。兩人隔空交叉，長孫岳毅雙手直托，真氣乍吐，將赫滿天這招「綿裡金針」所挾的功力全部移花接木，又送了回去。連本帶利，夠對方受的了。

赫滿天一出手就吃了虧，心裡恨得牙癢癢，表面上卻不動聲色。他油膩一笑，道：「玉風俠果然是人上人，高手中的高手。像我們這種只求在道上混口飯吃的，只要能望一望您的項背，回頭就該燒高香了。」

話說得謙虛，出手卻更加狠戾了。很難想像，像他這種五短身材的胖子，動作居然可以如此敏捷，簡直跟猿猴沒兩樣。

但長孫岳毅這張金字招牌在武林中高高懸掛了二十年，絕非浪得虛名。鬥到十多招左右，赫滿天已是滿頭大汗，頹勢漸顯。

可就在此時，意料之外的事發生了。

只聽外頭傳來一連串乒乒乓乓的怒響，聲勢浩大，直逼爵廳。長劍龍吟虎嘯，還伴隨著一長串的罵聲。

「——滾！通通滾！就你這個水平，給少爺當靶都不配，不如投胎再練吧！」

聽到這聲音，長孫岳毅的下巴差點沒掉下來。

另一頭，鳳血樓主赫滿天小眼睛中閃過精光一輪。

雖然他也不清楚是怎麼回事，但就在這一瞬之間，他看到了機會！

他臃腫的身軀一下子縮成了球狀，迅捷無倫地向外滾出。

原來，他所鑽研的這套武功名叫「地鼠神通」，融合了奇門遁甲中的「地遁」，靈活機動，變化百出。長孫岳毅稍一疏神，他立刻趁虛而入，瞄準對方的「志堂穴」撞去。

長孫岳毅將身子打了個旋，提起左掌往赫滿天身上擊落。但滾球狀態的赫滿天似乎有著超乎尋常的防禦能力。長孫岳毅內功深湛，這一掌按下去，居然找不到著力處，就像是走空了一樣！

而就在二人陷入纏鬥的同時，簾後忽然撲出兩條人影，速度快得令人心驚！

這兩條影子，一個名叫「騰蛇」梁祐，一個名叫「鬼車」呂鳳山，正是赫滿天的左膀右臂。

敢情他們沒有在外頭主持陣勢，為的就是躲在這伺機偷襲！

兩名高手同時加入戰局，戰況頓時更加凶險。只見騰蛇祭出判官筆，鬼車揮舞鳳翅大錘，一高一低，分別搶攻。長孫岳毅的劍甚至來不及脫鞘，就直接劈了出去。

這看上去十分隨性的一揮，卻猶如泰山壓頂般難以招架。騰蛇梁祐被劍風掃到，當場下巴脫臼，仰面飛了出去。

這招原是衝著赫滿天而去，他的下場自然也好不到哪裡去。也不知是自願還是迫不得已，眼下的他已經解除了滾球型態，恢復了原本的樣貌，一臉灰溜溜的，倚在牆邊喘氣。

躲過一劫的鬼車呂鳳山撩起鳳翅大錘，朝長孫岳毅胸口摜到。

重兵器對決重兵器，長孫岳毅的劍發出森嚴的咆哮，終於現出真容。一招「嘯月」將呂鳳山狠摔出去。

但見他臉色漲紅，立刻又彈了起來。

兩人一共過了七招。走到最後一招，呂鳳山的長錘突然張開銀翅，射出毒鏢，「咻」的一聲擦過對手鬢邊。長孫岳毅最痛恨這種放冷箭的行徑，不由勃然大怒。他手中重劍忽地起落，將薙風劍的「風」字訣表現得淋漓盡致。呂鳳山被那大風的威力震得內臟都移了位，當場狂噴鮮血，沒了氣息。

然而，就在這生死交錯的剎那間，方才還躺在地上裝死的騰蛇梁祐卻忽然跳了起來，重入戰圈。只見他右手判官筆刺出一星寒光，左手指間夾了兩粒鐵彈丸，閃電欺近敵側。

任何戰鬥中都會有遺漏的死角，何況梁祐蓄謀已久，哪怕是長孫岳毅這樣的頂尖高手，一時間亦反應不過來。

轉眼間，三人皆傷。赫滿天逃得最快，一溜煙滾得老遠。梁祐被劍氣掃中，右手筋斷骨折，痛得臉色煞白。長孫岳毅雖避開了判官筆，但小腹也被對方的暗器命中，流了不少的血。

三條身影倏合倏分，艙內陷入一片詭異的死寂。

但外頭情勢卻是截然相反。

殺聲震得船體晃動，並且還有越來越近的趨勢。在眾人吃驚的注視下，凌斐青一記「開門摔」掀倒一名不長眼的紅衣幫眾，踩過對方的身體大步跨了進來。

這絕對是凌斐青這輩子最狼狽的時刻。只見他頭髮上凝滿了乾涸的血跡，衣衫濕透，渾身挑不出一塊完好的地方。

同時，他的心裡也在冒煙。他剛剛在途中搶了一艘小船，又搶了一艘中船，甚至親自跳入湖中，冒險游了一段距離，這才追到此處。

但敵人是不會管這些的。

凌斐青才剛現身，連氣都還沒喘勻，斜刺裡就有凜光射來。

長孫岳毅見狀，一顆心頓時提到了嗓子眼，大吼一聲：「笨蛋！快逃！」

但凌斐青沒有逃。他手中的那把劍早已「歷盡滄桑」，給人一種隨時準備分崩離析的壯烈感。然而，隨著騰蛇的判官筆襲來，他眼色一沉，右腕輕起間，軟劍甩了出去。

這和方才長孫岳毅震飛呂鳳山的那招是同樣的感覺，簡直就是一脈相承。只是，和師父相比，凌斐青的劍少了幾分大將之風，卻多了股冷銳霸氣。

長孫岳毅不禁看呆了。他不曉得對方是何時領悟出如此高妙的劍意。

梁祐原本心中還在竊喜，以為送上門的是個任他捏扁捏圓的軟柿子，可沒想到竟是個煞星！隨著「劈呀」一記響，他的左臂也跟著沒了。

凌斐青冷冽的目光掠過四下。但見房中一片狼藉，除了長孫岳毅、鳳血樓主赫滿天、騰蛇梁祐，以及已經死去的鬼車呂鳳山外，門外還衝進來幾十名紅衣人，將整個爵廳裡三層外三層包了起來。

這些人雖然武功不高，卻難纏至極。凌斐青先前被他們追得滿船跑，好不容易才從敵陣中脫身，身上的毒也用完了，可謂是死裡逃生。

另一廂，長孫岳毅嘴角微搐，正想上前，眼尖的赫滿天立刻插嘴進來。

「長孫大俠，我勸你還是不要動彈得好！」他陰陽怪氣地笑道。「你身體裡的

『鐵刃丸』可不是普通的暗器——那是本座特別為你預備的賀禮！只要你一運氣，它就會在你的肚子裡炸開來。屆時，五臟六腑會被鑽出幾個透明窟窿來，可就難說了……嘿嘿。」

其實，長孫岳毅方才就察覺不對勁了。丹田內凝聚的真氣竟隱隱有被衝破的感覺，只是沒有表現出來罷了。然而，他本就是那種一往無前的性子，絕非貪生怕死之徒，何以會畏懼威脅？更何況，凌斐青在此，他豈有退縮之理？

他又向前逼近了一步。

赫滿天見他如此神勇，心中有些慌了。舉手大呼一聲：「眾人聽令，擺飛鷹陣！」

聽見樓主下令，四周身披紅衣的嘍囉們紛紛搖旗吶喊，艙內頓時沸反盈天，猶如戰場。

赫滿天這才穩住了神。他眼中狡光一閃，看著對面的長孫岳毅，說道：「事已至此，長孫大俠，不如咱們打個商量……我放令公子離去，咱們今日就此罷鬥，您看如何？」

凌斐青聽到這，瞳孔一縮，烏沉沉的目光跳到長孫岳毅身上。

果然，正如他所料，對方連想都沒想，立刻就答應了。

「好！一言為定！」

凌斐青感覺自己從頭到腳都在顫抖。

師父的為人，他再清楚不過了，武功高是高，可就一個字──傻！

赫滿天好不容易才將他們逼到絕境，又怎麼可能放任自己安然無恙地離開？他敢肯定，一旦放下手中的劍，兩人通通不得好死！

行走江湖大半生，面對不擇手段的敵人，還如此缺乏心眼，簡直蠢到令人生氣！若非面臨生死關頭，凌斐青早就忍不住破口大罵了。

然而，長孫岳毅內心可不是這麼想的。

他走到徒弟身旁，伸手搭在對方瑟瑟發抖的肩上。

「青兒，」他啞著嗓道。「你一直都做得很好。真不愧……不愧是我兒子！」

記憶中，兩人總是在對彼此大呼小叫。凌斐青從沒聽對方用這種語氣喚過自己，眼圈一下子就紅了。

「是師父對不住你。你回去之後，要好好聽你阿娘和阿爺的話，別再四處亂跑了，知道了嗎？」

長孫岳毅說著，揉了揉對方的腦袋，居然還笑了。

可他每動一下，鮮血就會順著腹腔的破孔汩汩冒出。凌斐青見狀，感覺自己的心像是被冰稜貫穿。

雖然他嘴上不說，但對眼前的男人到底還是充滿了敬慕。

從前他以為，真正的大俠應該要像故事裡說的那樣，又強又帥，呼風喚雨。但後來卻發現，現實生活中原來有許多事，遠比揮劍殺敵更需要勇氣，而長孫岳毅卻做到了……。

他才是他心目中的十萬大山、千里長城！在凌斐青的想像裡，師父一直都是不死之身。他從沒想過，對方也會有受傷倒下，無能為力的時候……

英雄末路，總是格外令人心揪。

這一刻，自幼備受呵護，頭一次被丟到大風大浪面前的少年忍不住動搖了。

凌斐青自問不是什麼英雄好漢。猶豫片刻，終於緩緩放下了手中的劍。

「好啊，好啊……」對面的赫滿天猥瑣地笑了。「都說虎父無犬子，果然，令公子也是俠肝義膽、一言九鼎的大丈夫啊。」

他揮一揮手：「爾等速速退下，放少俠離開！」

鳳血樓的那幫狗腿子雖然無用，卻還算得上忠心。主子一聲令下，數十名紅衣人同時退後，為凌斐青讓出一條通往門口的路來。

第柒章
背影

長孫岳毅見凌斐青轉身就走，望著兒子俊拔的背影，臉上不禁露出了欣慰的笑。

然而，這份「欣慰」卻沒能持續多久。

因為才沒走幾步，凌斐青足尖打旋，居然鬼使神差地又掠了回來！且這次，他的目標非常明確，正是站在大廳另一端，全身毫無防備的鳳血樓主赫滿天！

其實，以赫滿天平時的武功，就算一口氣來三個凌斐青他也不怕。可他心裡早已先入為主，認定長孫岳毅的兒子性情必然和他那個做老子的是一路，斷不會使出這種陰招。

另外，由於被薙風劍震傷了心脈，此刻的赫滿天氣血兩虛，實際上已是半殘的狀態。

轉眼間，他的飛刀劃破凌斐青的眉棱，揚起一陣血花，但凌斐青的劍卻已架在了他肥滋滋的下巴上。

雖然劍身已經殘破不堪，但別說三尺青鋒，就算只是一塊撿來的破銅爛鐵，在這種距離下，也能瞬間割斷人的喉嚨！

「死胖子，這副齷齪的皮囊你還要不要？」

這世上，敢當面喊鳳血樓主一聲「死胖子」的人著實不多。船艙內的氣氛霎時一變。赫滿天聽見少年沉冷的聲音緊貼著耳畔滑過，感受到對方身上傳來的狠戾殺氣，這才驚覺自己剛才的判斷是多麼錯誤！

「少俠有話好說……」

「對你這種人，沒什麼話好說的！」凌斐青撇嘴，一臉嫌惡，「你想死嗎？」

當他說到這個「死」字時，手腕一擰，劍鋒往對方脖子的方向遞進了少許。赫滿天感覺刺痛了一下，忍不住渾身一顫。

他橫了凌斐青一眼，接著，目光掃過自己那群因為主帥遭擒而不敢妄動的手下，似乎在掂量著兩邊的氣勢。

「……好，算你狠！」

見他鬆口，凌斐青的腦筋飛快地轉了幾轉。從赫滿天為了防止長孫岳毅出手而提出交換條件這點就能看出，此人不僅無恥，而且相當惜命。

「識時務者為俊傑。」他冷冷道。「赫樓主，你養的狗，你自己最清楚。是準備自行收拾殘局，還是要等我開口？」

這種情形下，居然還能做出如此冷靜的判斷，赫滿天也是服了這個少年。只見他滿月般的臉上紅白交替，掙扎了少頃才從牙縫中擠出一句：「飛鷹、飛虎兩隊，撤陣回營！」

須知，有資格上這艘大船的，全都是赫滿天最信任的僚屬。他們平日裡跟著主子吃香喝辣，自然不會在此時棄對方於不管不顧。再加上甲板上還躺著許多滿臉紫氣，口吐白沫的紅衣人，營造出「大勢已去」之象，那些殘餘的蝦兵蟹將自然也就死了反抗的心。

天亮前，凌斐青已迫令全員繳械，並將所有人都趕到小船上，只留下幾名不會武藝的艄公。

在短短一夜之間，偌大的一座鳳血樓竟成為了無主之地。赫滿天被關進自己建造的牢房裡，三大將非死即傷——這種事，只怕日後傳到江湖上，也不會有人相信吧。

殺完了雞，凌斐青還不忘要「儆猴」一番。

隨著天色漸光，他走到船首，朝著底下的舟筏宣布：「我沒有師父他老人家那樣的善心，但記性卻是頂好的。從今以後，誰若再敢打快雪塢的主意，最好先想清楚了！」

明明是個連身量都未長開的少年，可不知怎的，在場的凶神惡煞們卻聽得背脊發涼，沒有半個人敢吱聲。

不出一盞茶的功夫，鳳血樓的殘部全散得乾乾淨淨，整座湖心只剩下他們這一艘船。

幸好，此處離江口近，那群水匪也不敢再追來，長孫岳毅和凌斐青師徒倆就這樣乘著搶來的樓船，順流而下，舒舒服服地到了武昌。

這段期間，兩人罕見地相處得很和平，偶爾釣釣魚、賞賞月，老老實實地養傷，都沒有吵架。一方面是因為身上掛彩，打不起來，另一方面也是因為兩人都明白──馬上又要分手了。

但其實凌斐青心裡一直有句話沒說出口。他之所以從雲灣村一路追過來，甚至不惜一切，孤身夜闖敵營，就是為了得到一個答案──他想知道，對方是否後悔當初拋下自己。

然而，在歷經千辛萬苦，好不容易迎來父子團圓後，他卻改變了主意。他發現，這似乎是個相當幼稚的問題。甚至，就連長孫岳毅主動向他交代自己和唐漪雲之間的過往情事，他也沒有想像中那般激動。

有道是：昨日之日不可留。經過那一晚的血光，有些事情已經風流雲散，顯得不那麼重要了。

見兒子忽然變得懂事起來，長孫岳毅也學乖了，沒有再多做解釋，只說：「走吧，我送你回家。」

但事後證明，他還是把對方想得太正經了。

上岸後，兩人到驛館歇息，凌斐青突然問：「你能為我辦件事嗎？」

長孫岳毅頭一次聽兒子說有求於己，心裡頓時樂開了花。

「你說吧。」他拍拍胸脯。「只要我能做到的，一定替你完成。」

凌斐青狡黠一笑：「此事簡單得很，你很快就知道了。」

果然，長孫岳毅很快就嚐到厲害了。

隔天，在凌斐青的要求下，他不得不將自己那副穿戴多年的面具給拔下來。

如此一來，來往的民眾一眼就能看出他倆是父子，二人並肩走在街上，回頭率百分之百。

長孫岳毅這輩子最不擅長的就是應付這樣的目光了，尤其婆婆媽媽們的關注，更是令他感到萬分不自在。才過半天，他就已經受不了了，但礙於「君子一言，駟馬難追」，只好硬著頭皮撐下去。

凌斐青見對方的臉紅得都快沁出血來，笑得前俯後仰。而長孫岳毅到後來也忍不住發火了，一路追著他大罵。於是，兩人又回到了當初雞飛狗跳的相處模式。

長孫岳毅一路護送凌斐青回到雲灣村的入口。

臨別之際，凌斐青將那支梅花紋的鑰匙還給了對方，咕噥了一句：「以後注意點，別再喝那麼多了。」

長孫岳毅聞言，再次陷入了不知該說什麼才好的窘境，試圖一笑帶過，但聲音聽起來卻苦哈哈的。

回到快雪塢後，凌斐青又回歸到了他原本有滋有味、自在逍遙的生活。冬去春來，不知不覺就迎來了新的一年。

這天是除夕，處處張燈結綵，街頭巷尾迴盪著爆竹的聲響。李家姐弟和凌熙、凌晨下午就到鎮上湊熱鬧去了。雙胞胎在中庭玩投壺的遊戲，凌斐青則是一個人躺在亭中乘涼，望著天邊的月亮出神。他從盤子裡拿起一塊年糕餵給四郎，一邊自言自語：「時間怎麼過這麼快？」

四郎嗅了兩下，似乎不感興趣，逕自掉頭走了。

但一個才剛走，另一個便來了。只見三娘身著一件丁香色的襦裙，翻過西院的矮牆，朝他走來。

這些日子，她不僅學會了輕功，個子也比兩人初次見面時高了不少。

她從懷裡掏出一個繡工精緻的如意荷包，低頭遞給對方：「凌大哥，這個送給你。」

三娘的手很巧，來到快雪塢後跟著楊嬸學習女紅，久而久之，手藝愈發得好。如今，凌斐青的衣櫥都快被她送的小玩意給堆滿了，但每次收到新的禮物，他還是會很開心。

此刻，大人們都在屋子裡忙著，兩人坐在涼亭裡閒話嘮嗑。

凌斐青的目光不自覺地飄向東邊的竹林。長孫岳毅的茅廬還在那裡，人雖不在了，但一景一物依舊，並無絲毫改變。

三娘注意到了，抱膝發出細微的歎息：「也不知，長孫叔叔現在人在哪裡？」

「我看他呀，搞不好連今天是年三十都忘了……」凌斐青翻了翻白眼。

「有這個可能呢。」三娘咯咯一笑。

不過，就算長孫岳毅忘了，可凌斐青記得啊！

直到對方離開他才發現，有些事物早已扎根在他心底，遠比血脈來得深刻，永遠也無法抹去。就像有些習慣，一旦養成了，就再難改掉。

他仰躺在那，用手指輕輕繞著三娘的瀏海，默了片刻才又開口。

「我那兒備了罈好酒，今晚一起守歲吧。」

來到大年初五，快雪塢舉行家族會議，凌斐青頭一次獲邀出席，興奮得很。可正當他豎起耳朵，以為可以聽到什麼長輩們的八卦時，凌丹卻告訴他，若他願意，等這個年一過完，就可以出外遊歷了。

「過完年，你就滿十五了。」他告訴兒子。「總不能老賴在家裡吧。」

乍一聽這話，凌斐青心中先是狂喜，緊接著卻遲疑了——自己這樣算是被掃地出門嗎？他心裡「咯噔」一下，忙將目光投向坐在主位的祖母。

老夫人這兩年身子骨不大好了，時常忘東忘西，就連說話也變得糊裡糊塗。但她仍是笑口常開，越發像一尊胖呵呵的玉觀音。狐頭拐杖一招，凌斐青立刻湊了上去。

只見老夫人緩緩捧起孫子的臉蛋，問：「出門啊？去哪兒啊？」

此時，眾人都在場，凌斐青不得不給個正經答案，硬是把那句溜到唇邊的「去討媳婦兒」給吞了回去。

「那個……四處走走。然後，去找師父。長孫前輩。」

他怕對方不曉得他的「師父」指的是誰。

「好啊。」老夫人咧開笑容。「長孫好……就是別玩太晚，要記得回來吃餃子。餃子都給你包好了。」

「一定，一定！」

在一串牛頭不對馬嘴的對話中，凌斐青忽然感到鼻頭一陣酸澀。

他想到未來的日子裡，自己隻身飄泊在外，煮出來的飯菜恐怕比長孫岳毅的焦粥更難以下嚥，眼神頓時變得複雜起來。

無論結果是好是壞，他都已經不再是當年那個滿腦子只有「打遍天下」的小毛頭了。先前出的那趟遠門，讓他充分領悟到家的美好，領悟到迄今為止，自己之所以能夠過上如此安閒快意的人生，全都是仰賴家人的支撐。

就算是這天底下最快、最強悍的劍，也強不過快雪塢的屋頂，庇護了他一整個童年。可一旦從這四四方方的府門跨出去，前方就只剩下茫茫江湖。

隔了許久，他終於長長地吁了口氣。

「我這就去準備！」

而所謂的「準備」，說白了，就是去想辦法弄一把像樣的劍。

為著凌斐青即將離家的事，接下來幾天，整個凌府上下忙得人仰馬翻。

凌堯請來了方圓百里最好的打鐵師傅，又參考了先前孟千手寄放在他那裡的冰雪細刃的圖紙，終於打造出一把寒芒內隱的寶劍，名為「快雪」。

過程中，凌斐青還刻意讓人在劍身裡熔入了更加沉甸的鑌鐵，提在手上的感覺和長孫岳毅的重劍相似，都有種令人安心的厚實感。

他要攜著這把劍，擦亮眼睛，好好閱一遍這個世道的風景。總覺得，這是一件很久以前就決定好的事。

凌斐青走的那天，唐漪雲難得婆婆媽媽一回，將家裡所有的食物全都塞進兒子的行囊，結果害得他跟蝸牛扛山一樣，差點跨不出大門——直到多年後，他都還記得這一幕。

後山碧水長青，門庭古杏依舊，可一抬頭，人卻已消失在遠山後。

從此，便是另一則故事了。

未來

十年後……

崎嶇的山徑上，戴著斗笠的紫衣女子策馬緩緩而行。金色的日光自葉間篩落，勾勒出她窈窕的腰線，以及腰間插著的青鋼匕首。她身後跟著一名翡衣青年。兩騎一前一後，始終隔著半尺的距離，青年想伸手來拉她的轡繩，卻被她躲開了。

「哎，別不高興嘛。」

「若你再像今天這樣戲弄人家，我便不管你，自己回快雪塢去了。」紫衣女子說著，轉頭去瞪青年，目光凜然，表情微嗔。

「好妹子，有妳這句話，我今後再也不敢啦。」青年笑稱。「我不過是開個玩笑……」

「請你認真點！」女子打斷他。「此次，師父可是把他的配劍都交給你了，可千萬不能讓他老人家失望。」

「那當然。」青年說著，舉手輕輕撫過背上那柄烏沉沉的重劍，嘴角微提。「……話說回來，妳覺得『狄雲』這個名字如何？是不是特別適合我？」

「這種事問我幹嘛？」女子輕哼著轉過頭。「我不過是公子身邊服侍的丫鬟罷了。」

「什麼公子、丫鬟，不過是演給外人看的。憑妳我多年交情，何必在意這種事？」青年說著，將眼神投向不遠的山腳。

順著他的目光望去，只見晨暉灑落處佇立著一座田水環繞的小鎮，黑瓦白牆相連，巷陌青竹點綴，猶如一幅徐徐展開的畫卷。

「這回，咱們好不容易擺脫了長孫岳毅那個囉唆的老頭子，應該趁機享受一番才是。這座錦絲鎮，名字別緻，靈山秀水，不知蘊藏了多少美人，若不多待些時日，豈不可惜？」

「我們此行可不是來追美人的。」

「這我知道……只是，如今都入夏了，何不等到過了中秋再走？屆時，妳我一同於青螢閣賞月乘涼，豈不妙哉？」

「公子自便，恕小女子無法奉陪。」

「三娘，」青年見對方油鹽不進，漂亮的眼眸裡銜了一絲哀怨：「我怎麼覺得妳這些年歲數漸長，連脾氣也變大了啊……」

隔壁的女子不再作聲，雙腿一夾，縱馬向前奔去，留下青年的叫喚迴盪在林間：「喂，三娘！等等我啊，三娘！」

越過山坳，兩人又並轡馳出數里，最後才在官道旁的一處茶棚停下。

此時已近正午，凌斐青見三娘餘火未消，便拉她入內坐下，還特意點了她喜歡吃的玉豆糕和紫筍茶，費了好一番唇舌，才哄得對方轉怒為喜。

然而，就在二人閒聊吃茶的同時，晴朗的天空卻忽然飄來一片烏雲，遠處傳來陣陣壓抑的雷聲，顯然是大雨將至。

「哎，真沒想到，這天說變就變。」凌斐青對三娘說。

話音剛落，又有一組新的客人進門。那二人身穿黑衣，頭戴斗笠，挑了角落裡最不顯眼的位置坐下，可即便如此，凌斐青還是立刻察覺了異常。

……是血腥氣，還很濃呢。

他放下茶碗，不動聲色地抬眼望去。這才發現，新來的二人都相當年輕，一個是白淨秀氣的嬌小少女，一個是目光沉冷的尖耳少年。兩人正將頭湊在一塊，用旁人聽不見的音量小聲爭論著什麼。

凌斐青瞥見那少女隱忍倔強的表情，以及她袖底露出的暗色刀鞘，忍不住來了興趣。

「欸，你覺得他們倆是什麼關係？」他朝三娘擠擠眼，問道。

對方皺眉思了半晌：「看歲數，大約是姐弟吧。」

「不，依我看，肯定沒有那麼簡單。」凌斐青搖頭，表情似笑非笑。

又過一會兒，茶喝完了，雨也開始落下。那對黑衣男女起身上馬離開。凌斐青目送他們的背影隱沒在路的盡頭，只覺得事情越來越有趣了。

他掃過眼前陰霾的天空，眸中笑意沉了幾分，喃喃道：「或許，這場雨來得正是時候……」

——更多冒險，就在《大唐赤夜歌》——

快雪青風行

作　者　鹿　青

發行人　林敬彬
主　編　楊安瑜
編　輯　林佳伶
封面設計　蔡致傑
行銷經理　林子揚
行銷企劃　戴詠蕙、趙佑瑀
編輯協力　陳于雯、高家宏
出　版　大旗出版社
發　行　大都會文化事業有限公司
11051臺北市信義區基隆路一段432號4樓之9
讀者服務專線：(02)27235216
讀者服務傳真：(02)27235220
電子郵件信箱：metro@ms21.hinet.net
網　址：www.metrobook.com.tw

郵政劃撥　14050529 大都會文化事業有限公司
出版日期　2023年09月初版一刷
定　價　320元
ISBN　978-626-7284-16-2
書　號　Story-44

First published in Taiwan in 2023 by Banner Publishing,
a division of Metropolitan Culture Enterprise Co., Ltd.

4F-9, Double Hero Bldg., 432, Keelung Rd., Sec. 1, Taipei 11051, Taiwan
Tel:+886-2-2723-5216 Fax:+886-2-2723-5220
Web-site: www.metrobook.com.tw
E-mail: metro@ms21.hinet.net

國家圖書館出版品預行編目（CIP）資料

快雪青風行/鹿青 著. -- 初版. -- 臺北市 : 大旗出版 : 大都會文化發行, 2023.09
256面 ;14.8×21公分. -- (Story-44)
ISBN 978-626-7284-16-2(平裝)

863.57　112009649

大旗出版
BANNER PUBLISHING

大旗出版
BANNER PUBLISHING